Hayykitap - 342
Edebiyat - 24

Unutamadım
Caner Yaman

Kapak Tasarımı: Mükremin Seçim
Sayfa Tasarımı: Turgut Kasay

ISBN: 978-605-9841-50-4

1. Baskı: İstanbul, Nisan 2016

Baskı: Yıkılmazlar Basım Yay.
Prom. ve Kağıt San. Tic. Ltd. Şti.
Evren Mah. Gülbahar Cad. No: 62/C
Güneşli - İstanbul
Sertifika No: 11965
Tel: 0212 630 64 73

Hayykitap
Zeytinoğlu Cad. Şehit Erdoğan İban Sk.
No: 36 Akatlar, Beşiktaş 34335 İstanbul
Tel: 0212 352 00 50 Faks: 0212 352 00 51
info@hayykitap.com
www.hayykitap.com
facebook.com/hayykitap
twitter.com/hayykitap
Sertifika No: 12408

UNUTAMADIM

CANER YAMAN

Caner Yaman

1980 yılında Zonguldak'ta doğdu.

Lisans ve yüksek lisans eğitimini Hacettepe Üniversitesi İngiliz Dili ve Edebiyatı Bölümü'nde tamamladı.

Halen Bülent Ecevit Üniversitesi İngiliz Dili ve Edebiyatı Bölümü'nde araştırma görevlisi olarak görev yapmakta ve Orta Doğu Teknik Üniversitesi'nde İngiliz Edebiyatı Doktora Programı'nda eğitimini sürdürmektedir.

İrlanda ve İngiliz edebiyatından çevirileri bulunmaktadır. 2010 yılında YÖK Araştırma Bursu'yla, 2011 yılında ise İrlanda Edebiyat Fonu (ILE) Çeviri Ödülü'yle Dublin'e giderek günümüz İrlanda tiyatrosu üzerine çalışmalar yapmıştır.

Yurtiçi ve yurtdışı fotoğraf yarışmalarında ödül ve sergilemeleri bulunan Caner Yaman'a 2012 yılında Uluslararası Fotoğraf Federasyonu (FIAP) tarafından Uluslararası Fotoğraf Sanatçısı (AFIAP) unvanı verilmiştir.

2014 yılında yayınlanan *Sonrası Yok*, yazarın deneme ve hikayelerden oluşan ilk kitabıdır. Yazarın ikinci kitabı *Aşıktım Hatırlamıyorum* ise 2015 yılında Hayykitap tarafından yayımlanmıştır.

Bana olan inancını, desteğini ve dostluğunu hiçbir zaman
esirgemeyen değerli ağabeyim Rauf BAYSAL'a
ve tüm Hayykitap emekçilerine,

dostluğuyla bana her zaman güç veren
Onur TÜRKÇELİK'e,

varlığıyla içimi ısıtan annem Zeynep ÜLKER'e,

bana hep inançla gülümseyen babam
Mehmet Şerif YAMAN'a

gözlerinde iyiliği ve aşkı tanıdığım,
değerli eşim Seda YAMAN'a
ve
can parçam, oğlum Mehmet Kaan YAMAN'a

TEŞEKKÜRLERİMLE...

Hiç uğruna ölen, hiçmiş gibi unutulan
tüm masumların anısına...

"Hatıralar acımasızdır."

Hissetmek acıdan önce gelir. Acıyı iliklerine kadar tanıyanlar, hissedebilenlerdir.

Kendisinin dışında, başkalarının acılarını da duyabilenleri kastediyorum. Acıyı o küçücük bedenlerinin içinde evrenselleştirebilenlerden, acıdan nasibini, bütün insanlık adına topyekûn alanlardan bahsediyorum, sadece kendiyle meşgul olanlardan değil.

Bir şarkının anımsattıklarına kayıtsız kalabilen insanlardan olmayı tercih ederdim. Sahi var mıdır öyleleri?

Eski bir şarkıda açık kalmış yaradan sızan anılar, kokular ve peşi sıra gelen iç burkan duygular yakınıma gelemesin isterdim. Geride bıraktığım, yüzünü bile hatırlamadığım eski sevgililer, eski dostlar ya da incelikten uzak umursamaz tavırlar uzak olsun, hiç, ama hiçbir şey hissettirmesin isterdim.

Zamanında bir şarkının içine gelişigüzel tıkıştırdığın anılar, bir melodiye, bir nakaratın en sıradan kelimesine farkında olmadan gizlediğin anlar gün gelip de esaretinden sıyrıldığı zaman, uzun süre karanlıkta kilitli tutulmuş köpekler gibi olurlar. Tek bir şarkı. Geçmişten kopup gelen o davetsiz misafir. Sıkıca tutunduğun bugünden tek bir nota darbesiyle seni koparabilir. Yıllarca en gergin haliyle tuttuğu devasa bir köprüden el çekmiş çelik bir halat gibi koparabilir seni tutunduğun yerden. Sağa sola savurup hızla, tutunduğun her şeyi yerle bir edebilir. Tek bir şarkı, bazen terk edilmiş, yarım kalmış düşlerin tetikçisidir. Tanıdık bir melodi, üzerine güneş vuran haliyle aklından hiç çıkmamış o canım saç tellerinin en masum intikam alma şeklidir. Bunu inciterek yapar. Çatlaklar açar, yavaş yavaş içine işler ve tadını çıkara çıkara dolaşır ruhunda. Dokunduğu her hücreni sızlatarak, seni acıya doyurarak ilerler.

Hissetmek diyorum, anahtar kelime bu. Hissetmek, içinde yerli yerinde duran her şeyin bir bir çatlaması demektir. Sen hislerini yitirmedikçe daha da belirginleşir o çatlaklar. Ve çürümüş, kenarları oyulmuş ahşap pencerelerin o suçsuz çatlaklarından süzülüp yoksulların üzerine esen rüzgâr, o kadarcık deyip alaya aldığın rüzgâr nasıl öldürebiliyorsa bir çocuğu, içindeki çatlaklardan süzülüp iliklerine işleyen hatıralar da yavaş yavaş, farkına bile varamadan öldürür seni.

Hatıralar acımasızdır.

Yaşarken çok uzak sandığı zamanlara ulaştığında, zamanla daha da hassaslaştığında, öfkeleri ya da sitemleri arttığında farkına varıyor insan o çatlakların. Kendine şaşırıyor. Artık nasıl da kolay incindiğini, kırılmaya, parçalanmaya ne kadar müsait olduğunu fark ediyor. İnsan bir zamanlar çok uzak olduğunu sandığı zamanlara ulaştığında, geride kaldı sandığı her şeye eskisinden daha da çok yaklaşıyor. Tane tane. Kelime kelime hatırlamaya başlıyor.

Ne hatıralar ne de zaman. İnsan acıtıyor, insan incitiyor kendini.

İnsanlar, 'şey'ler, ya da düşüncesizce sarf edilen kelimeler değil, kurulmamış cümleler öldürüyor hayalleri.

Zamanı gelse de söylenmemiş sözler, sakınılan güzellikler, paylaşılmayan çaresizlikler, bir kenarda pas tutmaya bırakılmış özürler, ya da özenle ördüğün zırhları delen sitemler... Zaruri gidişlerin habercisidir bunlar. Her şeyi olduğu gibi bırakanlar, pes edip oluruna bırakanlar çok da haksız sayılmazlar.

Sızılar tahammül edilmez bir hal aldığında bile yine de kalmak mı gerekir bilmiyorum. Kalmak "en azından" diye başlayan cümlelere sığınabilmenin bir şartıysa eğer, çekilen acılara rağmen kalan gidenden daha çok güvendedir demektir. "En azından" diye başlayan cümleler kalanın vicdan muhasebesinden elde ettiği kar oranıdır belki de.

Gidenin kalandan tek farkı, sığınacak bir cümle bile bulamamak değil midir?

Öyledir. Kendimden biliyorum.

Ve şimdi gitmenin bedelini iliklerime kadar sızan acılarla ödemiş biri olarak bakıyorum ayağımın dibine kadar gelen sakin dalgalara.

Doğalgaz mağduru soğuk evlerin düşük voltajlı ampullerinin aydınlatamadığı salonlarında, kabartmalı çiçek desenli bir çek-yat üstünde, gözlerin tavanda geleceğe dair umutların, kurduğun hayallerin gün gelip de sana, hem de bu kadar yaklaşmışken umut ettiklerine, hiçbir şey ifade etmediğini anladığında, gidersin. Yüzüne bir tebessüm yayılır giderken. Kendi aldanışının, yine, yeniden kaybetmiş olmanın onayı. Ruhun bir çıkar yol bulamadığında yüzün verdiği istemsiz tepki.

* * *

Çiğdem. Yüzümde yarım kalan tebessüm.

Tanıştığımız güne geri dönmek mümkün olsaydı keşke.

Kötüye dair yaşanmış ne varsa hiç biri yaşanmamış olsaydı. Şu zaman makinesi meselesi. Bilimkurguyu nezdimde önemli kılan ilk, belki de tek neden. Kim hayalini kurmamıştır ki bunun? Bu sıra dışı illüzyonun büyüsüne kim kapılmamıştır ki?

Kitap, kahve ve en çok da huzur kokan bir kafede, küçük, kadife kumaşlı koltukların üstünde, yağmur damlalarının eksik olmadığı o pencerenin kenarına sokulup kendimi kitaplara kapattığım zamanları ne çok severdim. Okumaktan yorulunca ya da takıldığım bir noktayı zihnimde geçirirken gözlerimi kitaplığa diker, yan tarafta tavandan yere uzanan meşe ağacından yapılma mobilyanın üzerindeki pütürlü çizgilere odaklanıp her bir çizginin izlediği yolda gezdirirdim gözlerimi. Yukardan aşağı, aşağıdan yukarı. Dalıp gitmemek için. Sadece okuduğum kitapta kalmak, düşüncelerimi orada sabit tutmak için. Savrulmamak için. Dikkatlice. Yoldan sapmadan. Savrulmaya, yoldan çıkmaya meyilli bir yanım var çünkü.

Kulaklarıma usul usul değen kadifemsi müziğin içimde uyandırdıklarını aynı heyecanla duyuyorum şimdi. Benim gibi orada oturup kitaplara gömülmüş, dünyayla olan bağını kısa süreliğine de olsa koparmak için oraya sığınmış insanlara duyduğum yakınlık aradan geçen onca zamana rağmen yine ne kadar canlı içimde.

Çiğdem. Derin bir huzurla benim aramda uzanan pamuk ipliğine bağlı köprü.

* * *

Dün gibi aklımda. Pencerenin yanında, tam karşımdaki masada, ayakları beyaz ahşaptan mor koltukta oturuyorsun hala. Beynimdeki, benliğimdeki varlığın aynı, değişen hiçbir şey yok gibi. Sen o mor koltuktasın hala. Acı diye bir şey yok gibi. Hayat hiç yoldan sapmadan ilerlemiş gibi. Sanki mutluymuşuz gibi. Her şey aynı.

Mutlu değilsek her şey neden bu kadar aynı? Mutlu muyuz yoksa?

Elinde *Dorian Gray'in Portresi*, içtiğin kahvenin içimi ısıtan dumanı yok olup havaya karışmadan önce bir kedi gibi kitabın kapağına ve ellerine sürtünüyor. O kadar güzelsin ki. Böylesi bir güzelliğe kayıtsız kalmak o kadar mümkün değil ki! Uzun süre izliyorum seni, bakışlarımla rahatsız etmekten korkuyor ama gözlerimi alamıyorum. "Pardon siz sapık mısınız sayın Onur Acarlı? İndirsenize şu gözlerinizi kızın üzerinden, meşe ağacına baksanıza lütfen" diyorum kendime ama bazen gözlere söz geçmiyor işte, gözlerimi alamıyorum senden. Israrla okuyorsun, her şeyin farkındasın, gözlerimin farkındasın, heyecanımın, hayranlığımın farkındasın ama ısrarla okuyorsun, okumayı yeni sökmüş gibi bir iştahla okuyorsun.

"Son paragraf," diye sesleniyorum sana, "en son sayfadaki en son paragraf. Çok kıymetlidir, bir tek orayı okusanız yeter."

Yani bu kadar da patavatsız bir insan olabilirim bir anda. Ne demek ulan bu şimdi? Bir tek orayı okusanız yeter ne demek? Çokbilmişlik mi dersin, halkı okumaktan alıkoymak mı dersin, cahiliye döneminde kalmış birinin zırvaları mı dersin, ne dersin şimdi bu lafa? Ben çok şey derim, dedim bile. Zırva dedim, cahil dedim kendime. Kendimde değildim. Muhtemelen ters bir cevap gelecekti ve ben hızla yaklaşmakta olan bu cevabın gerginliğiyle yerin dibine geçmek üzereydim.

Lakin Çiğdem gülümsedi. Dedim ya, her şeyin farkında gibi bir hali vardı. Ne güzeldi. Halden de anlıyordu. Gülümseyebiliyordu. Bu zamanda güzel, halden anlayan ve gülümseyebilen birini bulmak gerçekten zordu. Genelde biri olsa da diğeri olmuyordu. En iyi ihtimal ikisi bir arada.

Üçünü bir arada bulursan önce bir fakiri falan sevindirmek gerekir, o derece.

"Nedenmiş," dedi, yüzündeki gülümseme daha da belirginleşti. "Bir bakalım, merak ettim," deyip son sayfayı açtı ve okumaya başladı.

İçeri girdikleri zaman, duvarda efendilerinin, onu son defa gördükleri gibi o harikulade gençliğini ve güzelliğini taşıyan güzel bir resmini gördüler. Yerde, kalbine saplanmış bir bıçakla smokinler içinde bir ölü yatıyordu. Rengi uçmuş, buruşmuş ve yüzü iğrençti. Yüzüklerini gözden geçirinceye kadar kim olduğunu tanımadılar.

"Hmm."

"Ölümün o iç karartan soğuk gerçekliğine tezat bir şeyler var bence o paragrafta. Ölüme meydan okuyan, ölmekle her şeyin bitmediğini haykıran bir şey var. Zaten kitapta anlatılan da bu, yanlış hatırlamıyorsam," dedim. Az önceki sersemlik halinden sıyrılır gibi oldum.

"Haklı olabilirsiniz ama sadece sonuna bakarak kesin bir şeyler söyleyemem kitapla ilgili. Okumaya henüz başladım. Sonunu öğrenince de hevesim kaçtı şimdi. Bir kitap alacaklıyım sizden."

"Çok özür dilerim. Gerçekten, kusura bakmayın. Böyle boşboğazlıklar ederim bazen, aldırmayın. Sevdiğim bir kitabı okuduğunuzu görünce. Yani her zaman olmaz ya hani bu? Tutamadım ben kendimi. Ne bileyim. Gereksiz bir hareketti gerçekten. Yani benim fikirlerimden size ne değil mi? Kusuruma bakmayın. Gerçekten. Bu kelimeyi de çok kullandım. Evet. Bağışlayın. Tamam. Bir kitap borçluyum size. Evet. Kitap borçlanması. Ne güzel."

Cümleler tedirginlikle ve kesik kesik ağzımdan çıkarken yine az önceki o gerginlik sarmaya başlamıştı bedenimi. Sadece bu patavatsızlığımdan duyduğum utançla açıklanamaz bu elbette. Benim heyecanlı halime karşılık Çiğdem'in rahat ve cana yakın tavırları bu sersem halimi daha da perçinliyordu, çünkü o gülümsedikçe içimde uçuşan kelebek sayısı artıyordu. Manyas Kelebek Cenneti miydi, neydi? Yok, kuştu o. Kuş Cenneti. Ne demekse.

"Şaka yapıyorum. Okuyacağım elbette. Benim de fikrim olsun ki şartlarımızı eşitleyelim. Okuduktan sonra üzerine de tartışırız belki, olmaz mı?"

Nasıl oldu bilmiyorum, o özgüven nereden geldi bilmiyorum ama sanki Çiğdem'den böyle bir cümle bekliyormuş gibi atıldım hemen:

"Olur hanımefendi. Hatta bence bunu keyifli bir akşam yemeğinde, en az buradaki kadar güzel bir müzik eşliğinde yapmalıyız, çünkü bana sorarsanız Oscar Wilde da böyle olsun isterdi."

Bunun üzerine Çiğdem bir kahkaha attı.

"Başka bir cevap beni buna ikna edebilir miydi bilmiyorum. Sanırım bunu sağlayacak tek doğru cümleyi buldunuz beyefendi. Tek atışta."

"Onur ben," dedim elimi uzatıp, "Çiğdem," dedi, "memnun oldum."

Güldüm.

Bir kuşun ısrarlı ötüşünü duydum sonra. Aynı kuşun neredeyse bir saattir susmadan aynı şekilde öttüğünü ve bunu ancak Çiğdem'le karşılıklı gülüşürken duyduğumu fark ettim. Bir saattir kulağımda askıda bekleyen kuş sesinin beynime sinyal olarak gitmesi için Çiğdem'in gülmesi gerekiyormuş meğer. Akıp giden hayatın içinde gülümsemelerden uzak kaldığımızda biraz eksik ve daha az farkında olarak yaşıyormuşuz demek ki.

Keyifli bir andı. Bu detayı fark etmiş olmaksa ayrıca keyifliydi.

Bir kış günü, Ankara'da bir kafede, dibimde alışılmadık bir şekilde ötüp duran kuşun sesini fark ettiğim o anın ne demek olduğunu düşündüm.

Cevabı basitti. Fazla düşünmeye gerek yoktu. Kuş sesleriyle birlikte beynime, ruhuma, tüm benliğime aşk dolmuştu. Bu aşka bir ömür adanabilirdi. Hayatımdaki her şeyi sessize alabilir, tüm dünyaya gözlerimi kapatabilir, sadece bu aşkı yaşayabilirdim. Bundan emindim. Kuşun söyledikleri kesin bir kural gibiydi, o kurala uymalıydım.

Öyle de yaptım. Tepeden tırnağa sevdim, her şeyimle adandım.

Ülkemde ve ülkemden uzakta Çiğdem'le geçirdiğim yıllarda hayatımın merkezinde yer alan bu aşk, zaman zaman kırsa da, çevremden koparsa da, hayatımı sıradanlaştırsa da kopamadığım, asla kopamayacağım bir tutku, bir çeşit bağımlılıktı. Ben Çiğdem'in o gün içtiği kahvenin dumanı olmuştum. Hayatım o kitap kapağı ve Çiğdem'in ellerinden ibaret olmuştu. İlgi bekleyen bir kedi gibi bu aşka sırnaşıyor, hayatımda onun varlığından başka bir şeyi umursamıyordum.

Şimdi kulağımdan girip benliğimi ele geçiren bu şarkı damarlarıma zerk edilmiş ölümcül bir zehir gibi sinsice öldürüyor o halimi. Aşkı değil, aşkın o kör, o bağımlı, o hastalıklı halini öldürüyor içimde. Onu gördüğüm ilk günden başlayarak neredeyse dakika dakika geçiyor birlikte geçirdiğimiz yıllar gözümün önünden. Bunca zaman yaşananların hayatıma neler getirdiğini, hayatımdan neleri götürdüğünü düşünüyorum.

Mutsuz değilim. Aşkın benliğimde yer etmiş sığ halinden sıyrılmış olmanın ve o duyguya yüklediğim anlamların giderek daha da derinleşmesinden müthiş bir keyif almaktayım.

Tek bir şarkı dedim ya? Tek bir nota darbesi bile seni sığ

sulardan çıkarıp, derin, karanlık kuyulara atabilir. Derin, karanlık kuyular tehlikelidir; lakin çıkmayı başarabilirsen, sanıldığı kadar kötü yerler olmadıklarını görürsün. Hayatını aydınlatmak için, derin karanlıklarda da yürümen gerekir.

Yaşama ve ölüme dair, iyiliğe ve kötülüğe dair, yani insana dair tek bir şeyin bile unutulmayı hak etmediğini haykırıyor, unutmamam için yalvarıyor o şarkı. "Unutamadım," diyor, "unutamadım, ne olur anla beni." Sıradan sanılan bir aşk şarkısında unutamadığını haykıran ve anlaşılmak için haykıran adamın aşka yüklediği anlam çok da sıradan olmasa gerek. Yapayalnız olmaktan, sokaklardan, gözyaşlarından ve sızıdan bahseden, o sızılara göğüs gerip unutmamakta direnen adamdan da çıkarılacak dersler olsa gerek. O sızı kendi acısı olamaz sadece. Çok ortak bir sızıdır o, çok tanıdık bir sızıdır.

Hatırlamak da önemli bir iştir, hatırlamamaktan iyidir elbet. Yine de unutmamakla kıyaslayamazsın hatırlamayı. Bir bakıma fiziksel bir yeterlilikten ibarettir çünkü hatırlamak. Güçlü bir hafızan vardır, Alzheimer değilsindir, gözlerin iyi görüyor, kulakların iyi işitiyordur. Duyu organları da hatırlamanın içindedir. Yani fiziksel yeterlilikle orantılı bir kendiliğindenliktir hatırlamak bir bakıma. Bilinçli bir duruştan öte bir kapasite, bir yapabilme meselesi.

Unutmamak öyle değil.

Unutmamak bilinçli, kasıtlı bir karşı koyuş, bir direniştir zamana. Varım demektir, varım ve unutmayacağım. Laf kalabalığına kulak asmamak, görmek için bakmak, anlamak için dinlemek ve yeryüzüne kök salmış acıyı içinde hissetmek için dokunmaktır unutmamak. Duyu organlarına bilinç aşılamaktır.

Bir uykusuzluk hali, akıl yorulması, vicdan sızlaması, bir kahrediş sonrası kendine geliştir. Uğultusuyla uyuşturan unutkan bir kalabalığı zihninde susturabilmenin tek yolu, ayakta uyumamanın tek çaresidir unutmamak.

Unutamadım diyen adam, aşkı hayattan koparmadan, onu her haliyle kavramış ve dolu dolu yaşamış bir adamdır. Ben unutmaktansa, o adamı dinlemeyi, onun notalarının bana yapacaklarına kendimi teslim etmeyi, yani kendimi aşka ve hayata teslim etmeyi tercih ettim.

Özgürleştim.

"Beni senden başka öldürebilecek bir kurşun yok."

Alışılagelmiş şekilde kasvetli bir İrlanda günü, Liffey nehrine karşı oturup Çiğdem'in evinde hazırladığımız sandviçleri yedikten sonra kahvelerimizi alıp, nehir kenarı boyunca yürümeye başladık. Çiğdem durgun ve düşünceliydi. Bu anlarda hep üzerine gitmeyi ister, yine de kendime hakim olurdum. Israrı sevmezdi Çiğdem. Bunaltmak istemezdim. İkimiz de yalnızca kendine ait olan ve sadece kendiyle başbaşa kalabileceği özel alanlarımızı önemsiyorduk. Bu alanların mahremiyetini anlayan ve saygı duyan insanlardık. Böyle zamanlarda Çiğdem'i soru yağmuruna tutma isteğiyle dolup taşsam da kendimi tutardım. Saçma sapan şeylerden bahseder, yüzünde en ufak bir tebessüm olduğunda ise mutlu olacağım yerde tedirgin olurdum. Çünkü zorlama tebessümler olurdu bunlar. Sıkıntısız gülüşlerini ezbere bilirdim. Bu yüzden o derin sıkıntısını içimde hisseder, pes eder, ben de durgunlaşırdım. Daha önce defalarca yaşadığımız bu anı yaşıyorduk yine.

"Neden bu kadar zorluyorsun ki kendini?"

"Anlamadım" dedim.

"Neden bu kadar zorluyorsun kendini? Nemrutun tekiyim ben işte, biliyorsun. Sırf ben mutlu olayım diye neden parçalıyorsun hep kendini?"

"Sahi neden parçalıyorum ben kendimi? Bir saniye. Biliyorum. Parçalarlar çünkü. Ben kendimi parçalamazsam, parçalayacak birileri bulunur Çiğdem. Neden onlar parçalasın ki. Madem öyle, ben parçalayayım kendimi. Hem de dilediğim kişi için yapayım bunu, ne olmuş? Senin için parçalasam, un ufak etsem kendimi, ne olur ki? Yanımdasın işte, içimde, en derinimdesin. Parçalansam da toplar yine bir araya getirirsin. Hem belki kendimi dilediğim şekilde parçalama özgürlüğüm bu hayattaki nadir lükslerimden biridir Çiğdem? Ne yapayım, bunun tadını çıkarmayayım mı?"

"Çok aptalsın," dedi ve bu sefer içinden gelerek, kendini zorlamadan, "gibi yapmadan" güldü Çiğdem. Gülerken kafasını geriye attı çünkü, gözlerini kapattı. Bu şekilde güldüğü anlarda mutluydu, bunu bilirdim. O mutluluğu çok güçlü hissederdim.

"Biliyorum," dedim "aptallık seni sevmek. Gayet bilinçli ve aptallığını dert etmeyen bir aptallık."

Sonuçta aşıktım ve hayatımın Çiğdem'in dışında kalan kısmı mantık üzerine kuruluydu. Akıl ve mantığı üniversite amfilerinde, kütüphanelerde, diğer insanlarla olan ilişkilerde yeterince kullanıyordum. Ama Çiğdem söz konusu olduğunda şöyle bir kenarda durun siz diyordum, ilişmeyin bana. O soğuk gözlerinizi üstüme dikmeyin. Bırakın mahvolayım biraz, iliklerime kadar hissedeyim bir şeyi de, sorgulayıp, çözümleyip, içine etmeyeyim.

Gayet mekanik sorumluluklar, hesaplanmış adımlar ve bayağı ilişkilerle çevrelenmiş bir hayatta sadece Çiğdem kadar bir yer istiyorum ben. Uçsuz bucaksız hayatımda bu kadarcık yer. Yormayan bir yer, bir şey yapmadan önce sonrasını düşünmediğim bir yer. O kadar küçük bir yer. Çünkü hayat aslında göründüğü kadar uçsuz bucaksız değil.

Kahverengi, turuncu, minik tuğlalı ve sayısız mermiye hedef olmuş, oluk oluk akan kana, açlığa, sefalete, gözyaşına tanık olmuş, nice yağmurla yıkanmış, güneşin tadını pek çıkaramamış ama her gün gökkuşaklarına selam durmuş yorgun binaların kıyısında öylesine yürürken bir sokak lambası direğine yapıştırılmış küçük bir broşüre ilişti gözüm. Bir hapishane reklamı, giriş 10 Euro. Bu neydi şimdi? İnsanlar parayla hapishaneye mi giriyorlardı? Ya da o tarihi hapishanede çürümüş hayatlara tanıklık etme şansı parayla mı satılıyordu? Gözümle broşürü işaret ettim Çiğdem'e, tereddüt etmeden "gidelim" dedi.

"Dışarısı da bir hapishane zaten, hatta bütün dünya bir hapishane. Duvarlar var, yataklar, pencereler var. Neyi ne zaman yapacağımızın saatleri var, kural koyanlar, o kuralları uymayanları cezalandıranlar var. Kendi kendimize kural koymuyor muyuz hatta? E gardiyanlar da hiç eksik olmaz biliyorsun, her an her saniye gözetlendiğimiz de aşikar. Ne farkı var şimdi dışarının içeriden? Gidelim. Farklı bir şey hissetmesek de genel kültürümüz artar."

Başkasına sorsan Çiğdem'i pesimist olmakla, kendi kendini mutsuz etmekle falan itham edebilir. Ben objektif bakamıyorum tabi ama Çiğdem'in bakış açısında da yanlış bir şey göremiyorum. Bu ve benzeri tüm konulara olan yaklaşımında Çiğdem'i başkalarından ayıran özel bir şeyler görüyorum ben hep. Diyelim ki kendi kendini mutsuz ediyordu, her şeye olumsuz tarafından bakıyordu. Öyle diyelim. Ama bunu o kadar özel bir şekilde yapıyordu ki, tarif etmesi güç, o kadar zarif bir şekilde bakıyordu ki her şeye olumsuz tarafından, o şeyi bütün olumsuzluklarına rağmen reddetmiyor, yine de kabulleniyordunuz. En azından bana öyle geliyordu.

"İçimiz bayılacak şimdi. Ne işimiz var hapishanede? Gidecek başka bir yer mi bulamadık yani koca şehirde?"

"İstiyorum."

Çiğdem'in bu donuk hali üzerime yeterince çökmüştü zaten. O tarihi hapishane bugün gidilecek en son yerdi benim için. Israr etti. O donuk hali yerini tanıdığım Çiğdem'e bırakır gibi oldu bir an. Eğer gitmemekte diretirsem tatsız bir ortam oluşacaktı, dediğini yaparsam bu kasvetli havanın dağılma ihtimali vardı. Gerçi Çiğdem bu halden çıkabilse de ben kolay kolay çıkabilir miydim emin değilim. Kötü duygulardan uzak durmak için durmaksızın çabalayan insanlar bazen yorulur ve o kötü duyguların esaretine girerler. Bu yorgunluk çabalamaktan değil de daha ziyade karşısındakilerin bu kötü duygulardan uzaklaşmak için çaba sarf etmemesinden kaynaklanır. Zaten tek taraflı sarf edilen her çaba sahibini yormaz mı?

"Tamam," dedim, "tamam gidelim. Sana hiçbir zaman hayır diyemeyecek miyim ben?"

Gülümsedi sadece.

"Diyemeyeceksin" dedi sanki, öyle hissettim.

İnce bir yağmur başladı. Çiğdem koluma girdi. Başını kolumla göğsümün birleştiği yere yaslayıp, diğer eliyle kalbime dokundu. Şimdi de, "ona bir şey olmasını istemiyorum" diyordu sanki, "iyi bak ona olur mu, ne olur iyi bak."

Bir hapishaneye doğru yol alıyorduk. Birlikteydik. Aynı sokağı adımlıyorduk, aynı yolda yürüyorduk. Eli kalbimdeydi. Tarifsiz bir duyguydu. Bu anı sonsuza kadar dondurup, sonsuza kadar aynı yolu yan yana adımlamak düşüncesi olmalıydı halbuki aklımda. Bu ana ömrümü teslim edebilecek kadar mutlu ve aklı beş karış havada biri olmalıydım şu anda. Fakat gözlerim yanımızdan geçen otobüslere takılıp duruyordu nedense, bir şeyler içimi kemiriyordu. Bir otobüs daha geçti yanımızdan ağır ağır. Beyaz saçlı, kırmızı yüzlü, yaşlı bir İrlandalı'nın kucağında bembeyaz tenli bir kız çocuğu burnunu cama yapıştırmış bana bakıyordu. Tam gözden kaybolacağı sırada "hayır" der gibi kaşlarını kaldırdığını fark ettim, "hayır yapma, sakın bırakma, sakın!" Arkama baktığımda sadece otobüsün arka kısmını kaplayan film afişini gördüm. Takım elbiseli, güneş gözlüklü bir adam elinde silahla adeta tüm şehre meydan okuyordu otobüsün üstünden. Bir şeyler olacaktı, hoşuma gitmeyecek bir şeyler olacaktı. Bu duyguya teslim olmuştum. Bu duygunun önüne geçemiyordum.

Para vererek ziyaret ettikleri hapishanenin girişinde insanlar bir avluda toplanmış bir zamanlar adi suçluların yattığı koğuşlara bakıyorlardı. Demir parmaklıklar kilitliydi. Tarihe koğuşların içine girmeden, dışarıdan tanıklık ediliyordu. Buna anlam veremedim. İçeride olmak düşüncesi, o ruh hali insanlara bulaşmasın diyeydi belki, buradan geçmiş, göçmüş binlerce mahkumdan koğuş duvarlarına sinmiş hastalık- masum ya da suçlu her mahkuma hastalıklı muamelesi yapılmıyor mu?- topluma yayılmasın diye bir önlemdi belki de.

Yıllar önce bir gece anneannem rahatsızlanmış ve acil servise gitmiştik. Annem ve anneannem müşahede odasında anneannemin serumunun bitmesini beklerken ben dışarıya sigara içmeye çıkmıştım. Sigaram bittiği sırada acil servis önüne bir cezaevi aracı yanaştı. İçinden elleri kelepçeli, ayağında terlikler bir mahkum ve elde tüfek üç asker çıktı. Ben ve acil servis girişinde sigara içen üç dört kişi daha istemsiz olarak kenara çekildik onlar araçtan iner inmez. Halbuki kımıldamadan dursak da önümüzden geçip rahatlıkla girebilirlerdi içeri. Arkalarından baktığımda aklımdan geçen ilk şey o mahkumun ailesi olmuştu. Adam bitkindi, başı önde, terliklerini sürüyerek yürümeye çalışıyordu, askerler kollarına girmişti. Duygusallaşmıştım, ailesinin de haberi yoktur şimdi diye düşünmüştüm. Bilseler, şu anı görebilseler neler hissederlerdi? Ellerinden bir şey gelmez, kahırlarından ölürlerdi kesinlikle. En sevdiğin senin kollarında son nefesini vermiş de, yakana ilelebet yapışacak o sızı vücuduna yavaşça zerk edilmeye başlamış gibi, bir taraftan o sızıyı duyarken, diğer taraftan neler olup bittiğine anlam vermeye çalışır ve sonunda gerçeği kabullenip o katlanılmaz sızıyı tüm hücrelerinle duymaya başlamışsın gibi, her an her saniye kendileri de ölürlerdi artık. Sevdikleri bu halini gördü diye o mahkumun hissedecekleri daha mı azdı peki?

"Şimdi nasıl da kahrolmuşlardır, şuracıkta ölseydim de görmeselerdi keşke, bilmeselerdi. Madem ki gördüler şu halimi, bir kez sarılabilseydik keşke, bir kez." diye geçerdi belki içinden. İnsan sevdikleri bir saniyeliğine de olsa gözüne değsin ister, bir saniye bile yeter. Öyle bir özlem akın eder ve tüm benliğini ele geçirir bazen, ciğerlerine kadar dolar, hava değil özlem solursun. Ama bu öyle bir an değildir. Böylesi bir acının tesellisi bir saniyeye sığamaz. Sarılmak, koklamak ve konuşmak istersin. Bunlar da teselli etmez gerçi ya, yine de bir an burnuna çarpan bir kokuyla yıllar sürecek özlemini avutabilirsin. "Annem, anneme sarılabilseydim keşke, saçlarını koklarken kulağına fısıldayabilseydim, geçecek anacığım, iyiyim ben, hepsi geçecek diyebilseydim keşke."

Ve kim bilir daha neler neler hissederdi elleri kelepçeli, ayağında terlikler ve kollarında iki asker bir acil servis koridorunda başı önde, terliklerini sürüyerek ilerlerken bir insan. Daha neler hissederdi, ondan başka kim bilebilir?

Empati de bir hastalıktır aslında. Kendi kendine acı çektirdiğin, tedavisi mümkün olmayan bir hastalıktır empati dediğin. Bazıları ömür boyu yakalanmaz bu hastalığa, ne şans!

Ben biraz da duygusal bir insan olduğum için sanırım, o gün bu duyguya kapılmıştım sadece, etkisinden çıkmam için peş peşe iki sigara daha içmem gerekmişti acil servis kapısında.

Araç giriş kapısına kadar yanaşıp da içinden çıkan mahkûmu görünce geriye doğru attığım adımları sorgulamamıştım. Bilinçaltıma yerleşmiş o hastalıklı düşünce ya da kaygı her neyse onunla henüz tanışmamıştım.

Şimdi yabancı bir ülkede kapısı kilitli koğuşlara dışarıdan bakarken ve dışarıdan bu koğuşların fotoğraflarını çeken insanlara bakarken sorguluyorum bunu, bir bağ keşfediyorum sanki burada. Mahkûmların hastalıklı olduğuna dair içimde saklı tuttuğum o hastalıklı düşüncemle tanışıyorum. Yazılı kurallara uymuş ya da uymamış, masum ya da suçlu ne olursa olsun, elleri kelepçelenmiş bir mahkûmun bulaşıcı bir hastalık taşıdığı düşüncesi, onun üzerimize sıçrayacağı kaygısı, aman kenara çekileyim, aman yaklaşmayayım da bana da bulaşmasın tasası. Şu hayatı etliye sütlüye karışmadan, gemisini güvenli sularda yürütmenin derdinde olan insan tipinde daha fazla görürsün bu kaygıyı, hepimizde yani, hepimizde.

Toplumun hem bireylerinde hem de yönetenlerinde yerleşik, varlığını ufak detaylarda belli eden bu ve benzeri kaygılardır belki de hastalığın kendisi? Sonuçta, kendi hastalığıyla tanışmamış bir insan başkalarının hastalığını nasıl teşhis edebilir ki?

Hapishanenin avlu kısmındaki genel bilgilendirmenin ardından insanlar gruplar halinde hapishaneyi keşfetmek üzere farklı istikametlere, yönlendirme tabelaları doğrultusunda dağıldılar. Biz herhangi bir gruba dahil olmadan kendimiz dolaşmak istedik. Koğuşların ya da hücrelerin önünde dilediğimiz kadar bekledik, dilediğimiz kadar baktık, duvarları asılmış tarihi bilgiler içeren posterleri okumak, gördüklerimiz üzerine düşünmek için daha fazla zaman yarattık kendimize. Bir gruba dahil olduğunuzda yapamayacağınız şeyler yani.

Beni en çok heyecanlandıran İrlanda'nın bağımsızlık mücadelesinde önemli yer tutan Paskalya Ayaklanması'nın öncülerinden olan ve dönemin İngiliz yönetimi tarafından suçlu bulunarak bu hapishanenin avlusunda İngiliz askerleri tarafından kurşuna dizilerek infaz edilen on üç İrlandalının infazına tanıklık etmiş o avluyu, o duvarları, o toprağı görmekti. Çiğdem'le hapishane içerisinde takip ettiğimiz rotanın sonu bu açık avluya varıyordu. O rota üzerinde mahkumların, özellikle de sömürgeci İngiliz yönetimine karşı ayaklanmış siyasi mahkumların konulduğu tek kişilik hücreleri, bu hücrelerin bitiminde, biraz ileride ibadet için kilise şeklinde dizayn edilmiş bir odayı gördük. Sonrasında da avlu geliyordu zaten. Ama bu güzergah beni sersemletmişti. Asla açılmayan bir kapı üzerinde sadece bir göz büyüklüğündeki delikten mahkumların kontrol edildiği, altındaki sürgüden yiyeceklerin verildiği ve içerisinde en fazla on santimetrekarelik, pencereye bile benzemeyen bir oyuktan ince ve kederli bir ışık sızan tek kişilik bir hücre. Gardiyan gibi hissettim kendimi o koridorda. Mahkumlara bakar gibi baktım o delikten, içeriye sızan o incecik ışığa, orada yaşanmış olabilecek her şeye kederle baktım. Küflenmiş ekmek kokusu süzüldü hücreden dışarıya, kim bilir kaç günlük iki kaşık çorbadan, kepçe kepçe yayılan kesif bir koku doldu burnuma. Duvarlardaki rutubeti sırtımda hissettim sonra. Sanki o hücrenin içinde yıllarımı tüketmiştim. İçim sızladı.

Kiliseye benzetilmiş kısma geldiğimizde, hapishanenin tamamına yayılmış olan izbelik hissi yerini nispeten daha aydınlık ve daha bakımlı bir ortama bıraktı. Tavan yüksekti. Tam karşımızda dini seremoniler için oluşturulmuş, yerden biraz yüksek bir platform vardı. Birkaç mum yanıyor, duvarlara haç gölgeleri vuruyordu. Kilise ya da Cami'ye, normalde bir ibadethaneye girdiğimde hissettiğim huzuru burada hissedemiyordum. Boyalı duvarlar, vernikli, bakımlı sıralar, etrafa yayılmış dini semboller, hiçbiri buraya sinmiş acının üzerini kapatamıyordu. Aksine, bu vernikli, boyalı kilisedeki her şeyin üzerine görülmeyen ama hissedilen bir kat acı çekilmişti; yıllanmış, tortusu bu binanın her hücresine yapışmış çok eski, çok tanıdık bir acı.

Oturduğum sıranın önündeki koyu kahverengi ve vernikli ahşap bariyerin üzerine kollarımı koyup başımı kollarıma dayayıp gözlerimi kapattım. Çiğdem mimariyi, dini sembolleri falan incelemekle meşguldü. Aklıma hikâyesini aylar önce tesadüfen bir kafede elime geçen bir dergide okuduğum Joseph Plunkett geldi. Bir şair, bir isyan lideri ve iflah olmaz bir aşık. Joseph Plunkett. En berbat koşullarda İngilizlerle savaşırken, bir yandan da talihsiz hastalığı tüberküloz ile pençeleşirken bile yıllarca kavuşamadığı aşkı Grace Gibbon'a şiirler, mektuplar yazmaktan vazgeçmemiş, bir gün kavuşacaklarına olan inancını son nefesine kadar yitirmemiş Joseph Plunkett. Sonunda, işte tam burada, bu kiliseye benzetilmiş hapishane odasında, bir iki tane mumun tamamen aydınlatmaya yetmediği bu loş karanlıkta, buz gibi duvarların arasında, bir rahip ve bir manga silahlı İngiliz askerinin gözetiminde evlenmişler. Bir kere el ele tutuşmuşlar sadece, Joseph, Grace'i sadece bir kez alnından öpebilmiş. Sonra Grace hapishaneden çıkarılmış, Joseph hücresine dönmeden, az önce evlendiği bu kilisede dua etmiş ve birkaç saat sonra, az sonra benim de adım atacağım avluya çıkarılarak bir duvarın dibinde birkaç saat önce düğününe tanıklık eden askerlerin üzerine açtığı ateş sonrasında sonsuzluğa kavuşmuş.

"Bu hayat adaletli falan değil, sadece adaletli olduğunu, adaleti sağladığını söyleyenlerle dolu, o kadar," dedim, "adalet diye bir şey olsaydı her şeyden önce adalet diye bir kelime olmazdı."

"O nereden çıktı şimdi?" diye sordu Çiğdem.

Joseph ve Grace'in hikâyesini anlattım ona avluya çıktığımızda. Bir duvarın önünde, "düşün," dedim, "elini son kez tuttuktan sonra tam da burada ölüyorum. Sen silah seslerini duyamayacak kadar uzaklaşmışsın. Ellerini göğsünde birleştirmiş, başını rüzgara eğmiş yürüyorsun. Nereye gidiyorsun? Ne önemi var ki? Baş parmağınla, yüzük parmağında duran o incecik yüzüğü okşuyorsun, nehrin üzerinden esen rüzgar burnunu deniz kokusuyla dolduruyor. Ne önemi var ki? Elini tuttuktan, seni alnından öptükten sonra ölmüşüm, ne önemi var? Daha adil bir dünyada, yeniden buluşacağız nasılsa, sonsuza kadar kavuşacağız. Beni öldüren silah seslerini duymamışsın, ne önemi var? Duymayacağını mı sanıyorlar? Beni öldüren kurşunları en derininde duymaz, hissetmezsin mi sanıyorlar?"

Aslında daha neler söylemek isterdim o an. "Beni senden başka öldürebilecek bir kurşun yok Çiğdem" demek isterdim, "ölürse ten ölür sadece" demek isterdim, "sana olan aşkım ölesi değil." demek isterdim.

Çiğdem ağlamaya başladı birden. Ben duvarın dibinde

gözlerimi ona dikmiş bu sözleri söyledikten sonra, daha nicesini söylememe fırsat kalmadan başını öne eğmiş, ağlamaya başlamıştı. Susup, yanına koştum. Gök gürledi o an, Çiğdem'e sarıldım. Çenesinden tutup başını kaldırdım, ıslanmış gözlerinin içine içine baktım. Alnıma yağmur damladı, Çiğdem'in hemen arkasındaki duvar bulutların gölgesiyle daha da karardı.

"Seni seviyorum kadın," dedim, "seni parmak uçlarıma kadar, oradan sızıp yeryüzüne damlayarak seviyorum."

Başını yeniden öne eğdi Çiğdem, sustu, tek kelime etmedi.

"Hep en güzel yerinde kafa attılar hayallerimize."

Bazen bir insanı parmak uçlarınıza kadar sevmek, hatta parmak uçlarınızdan yere, toprağa damlayacak kadar sevmek pek bir anlam ifade etmez ona. O gider. Sizin hikâyenizdeki rolü sona ermiştir, başka hikâyelerde yeniden yazılmak ister.

Çiğdem de gitti.

Çiğdem başka bir hikâyede, başka biri tarafından yeniden yazılmak istedi. O hapishanenin avlusunda bütün bir hikâyemizi, hikâyemizin bütün sayfalarını yırtıp koydu önüme, sayfalarına kaç kibrit çaktı bilmiyorum. Söndürebildiğim kadarı kaldı bende şimdi. Parmak uçlarımdan yere damlayacak kadar severken ben gözyaşı oldum, yetim duygularımla bir olup alev almış hikâyemizin üzerine damladım çaresiz. Yangını söndürülmüş bir evin ıslak ve is kokulu halinden farksızım şimdi. Gündüz vakti zifiri karanlık gece ve karşımda parıldayarak dikilen yarım ay, eksilmiş olmanın yüreğimde yarattığı o felç olmuşluk hissi, insanların, hayvanların, arabaların ya da kulaklarıma gelip çarpan hangi zıkkımsa onun gürültüsü, metruk bir binanın beynimde yer eden uğultusu, tozu burnuma üflenen anılar, ataması bir türlü gerçekleşmemiş öğretmen, yıllardır işsiz bir baba, tecavüze uğramış genç kız intiharları, kahpe kurşunlarla ölen masumlar, fırından taze çıkmış simit kokusu, okumakla bitiremeyeceğin insan yüzleri ve çok satan bir kitabın çok yalan bir karakteri ve daha niceleri. Nasıl da akın ediyor, nasıl da kuşatıyor benliğimi olur olmaz düşünceler. Nasıl da çözülüyor dizlerimin bağı, kaslarımın lime lime olduğunu nasıl kolay hissediyorum. Nasıl bir saçmalığın içinde buluyorum şimdi kendimi? Kimse yok mu? Elimi tutacak, bu saçmalığı sonlandıracak bir kişi bile yok mu?

Bütün insanlık tarihi karşılıksız aşklar, ayrılıklar, yarım kalmalar, kavuşamamalar üzerine kuruluydu evet ama bu gelip beni de bulmak zorunda değildi. Evet, ellerin kenetlenmesi kadar gelip birilerinin o elleri ayırmasıydı aynı zamanda aşk ya da onun kolları boynundayken gelip boynunu koparırcasına seni çekip almalarıydı onun kollarından. Aşk çoğunlukla böyle bir şeydi zaten, acıdan muaf değildi elbet ama ben bu gerçeği sindirebilecek durumda değildim, ben çok kötüydüm.

O hapishane avlusundaydık. On üç kişinin, ülkesini seven on üç kişinin kendi ülkelerinin topraklarında başka bir ülkenin askerleri tarafından kurşuna dizilerek öldürüldükleri yerdeydik. Joseph Plunkett'in, Grace Gibbon'un elini son kez tuttuktan sonra kurşuna dizildiği, üzerine bilmem kaç gram kanın damladığı, berbat olacak sonundan habersiz hüküm sürerken zulüm, diğer yanda aşkların sessiz sedasız ölümsüzleştiği topraklar üzerindeydik.

"Bitti" dedi.

Aşkların ölümsüzleştiği topraklar üzerinde ölmek bu kadar kolay olmamalıydı. Sersemlemiştim. Onca yıl, onca yaşanmışlık, düşe kalka ama omuz omuza kat edilmiş yolların ardından bitecek bir ilişki beş harfe sığamamalıydı.

"Başka biri var Onur" diye ekledi, "içimi yakıp kavuran, uğruna her şeyimi feda etmeyi göze alabileceğim biri."

Başka biri gelip vatanımın üzerine çöreklenmişti işte, işgal altındaydım. Karış karış bildiğim, dört bir yanını ilmek ilmek dokuduğum bu coğrafya, bu aşk işgal altındaydı. Bunda abartılacak bir taraf yok belki de. Tarih işgal öyküleriyle, kazananların zafer naraları, kaybedenlerin acıklı ağıtlarıyla doludur. Kanlı savaşlar, mermisi bitmiş silahlar, yerde toprağa bulanmış yatan cansız bedenler. Tarih bunlarla doludur. Acı, bir savaştan yenilgiyle çıktığın zaman başlamaz, o daha önce, savaşamadan, mücadele bile edemeden, hükmen yenik ilan edildiğinde başlar. Bir savaş meydanında, onurlu bir savaşın ardından öldüğünde acı da son bulur, ruhun belki huzur bulur, lakin hiç savaşamadan kaybettiğin, vatanını kendi ellerinle teslim ettiğin bir işgalin sızısı son nefesine kadar gövdende asılı durur.

"Susmak, hiçbir açıklama yapmadan öylece çekip gitmek sana hakaret olurdu, sen bunu hak etmiyorsun" dedi Çiğdem sözlerinin devamında.

"Hayat böyle bir şeymiş işte, beklemediğimiz anlarda beklemediğimiz şeyler karşımıza çıkıp duygularımızı, hayatlarımızı alt üst edebiliyor, baştan aşağı değiştirebiliyormuş. Aşık oldum ben Onur. Altüst oldum. Bunu seninle paylaşmaktan, yine sana sığınmaktan başka yapacak bir şey gelmedi aklıma. Anla beni ve asla kötü anma. Yaşadıklarımız yalan değildi. Başka bir gerçek geldi çattı işte, beni ısrarla çağıran, karşısında duramadığım bir gerçek. Anla beni ne olur. Anladıktan sonra unut ve hayatını yaşa" dedi ve sonra hızla koşup avluya açılan tek kapıdan hapishanenin içine girerek gözden uzaklaştı.

Muhtemelen az önce yürüdüğümüz koridorlarda hücrelerden koridora yayılan karanlığını yara yara uzaklaştı benden. Grace Gibbon gibi. Burnunda nehrin taşıdığı deniz kokusuyla uzaklaşacaktı benden. Ne kadar uzağa gidebilecekti, gerçekten uzaklaşabilecek miydi bilmiyorum. Grace Gibbon gibi. Ardında bıraktığı adamın çoktan öldüğünden haberdar mıydı? Bilmiyorum. Bu ilişkinin bitişini, ölü bir adamdan farksız halimi çok çabuk kabullenmiş olmama şaşırdım bir an. Kendimi öldürmek, ona dair hislerimle birlikte kendimi ve Çiğdem'i öldürmek, bambaşka biri olmak fikrine o gider gitmez kapılmış olmama şaşırdım bir an.

Yadırgamadım.

Hep en güzel yerinde kafa attılar çünkü hayallerimize, hep en güzel yerinde bölündü uykularımız, hep en güzel yerinde bitti okuduğumuz hikâyeler. Ben dahil, tanıdığım nice insanın kaçınılmaz yazgısıydı bu.

Alışmıştım.

Demek ki bir süre sonra aldığı darbeleri hissetmez oluyor insan, "sırada ne var, yeni bir darbe almadan önce yapmam gerekenler, kendimden vermem gerekenler neler?" diye sorup kendine, kaldığı yerden devam ediyor.

Peşinden koşmaya yeltenmedim, onu tekrar nasıl kazanabilirim türünden düşüncelere hiç kapılmadım. Kırılgan yanım ağır bastı sanırım. Alışmıştım ama alıştığım kadar da kırılmıştım. Ben bu hayatta çok kırılmıştım. Çiğdem'in gidişinden çok bu detaya takıldım. Daha ne kadar kırılacaktım? Daha ne kadar kıracaklardı? Kımıldayamadım. Çiğdem'e dair, bize dair ne varsa burada, üzerine kan damlamış bu topraklarda bırakacaktım.

Ben bu şehirden ayrılacaktım. İçim acıya acıya bu kararı aldım.

Bu şehri ve burada bıraktıklarımı bir daha hayatıma sokmayacaktım.

Ama biliyordum, bu ihanete uzun bir süre takılı kalacaktım, elimde olmayacaktı. Kendimi bu gerçekten sıyırıp kurtarmam hiç kolay olmayacaktı.

Bir ihanete takılıp kalmanın çok fazla nedeni vardır çünkü.

Haksızlıktır işte en basitinden, düpedüz haksızlıktır. Onun hayaliyle, onun özlemiyle geçirdiğin gecelere haksızlıktır. Onun en ufak üzüntüsüne döktüğün gözyaşlarına, o gülsün diye kendini paraladığın anlara, içtiğin her dal sigaraya, ağzına kadar dolsa da gıkını çıkarmayan kül tablalarına, kaynamaktan kararmış çaydanlıklara, Ahmet Kaya şarkılarına, ona yazdığın tertemiz satırlara haksızlıktır.

Kaldıramamaktır. Birlikte kurduğunuz hayallere artık bir başkasıyla yürüyor olduğu gerçeği ciğerlerini parçalar, o bir başkasının ciğerlerini parçalamak istersin. Yapamazsın. Herkesten nefret etmeye başlarsın. Herkes bir olmuştur sen tek. Mide bulantısı gelir her şeyden. Öyle kalakalırsın. Yani dışarıdan görünen budur. Kalakalırsın. Kalakaldığın anlarda içinden geçip gidenlerin, yüreğinde oluşan gelgitlerin, o dayanılmaz acıyla bir olup beynine beynine vuran o yok olma isteğinin kimse farkında değildir. Bir köyün tepesine dikilmiş bir volkansındır o an, "bir patlasam artık" dersin.

Gökyüzünde kapkara bulutlar, dağın eteklerinde bastonu havada yaşlı bir amca kim bilir kime beddualar okuyor, köy halkı birbirinin ardından konuşuyor, yüzüne gülüyor; burası kuşların göç yolu üzerinde bile değil çünkü köylüler üç öğün kötülükle besleniyor.

"Kan kızılı köpürsem şu köyün üzerine, altın altın sıçrayıp yapışsam üzerlerine önce, sonra katsam kendime, düşün ulan önüme yeter sizin bu pislikleriniz, yanın, kavrulun, eriyin, yok olun, yok olun ulan!" diye bağırsam ne çıkar?

En yalın haliyle, en samimi, en maskesiz, en çıplak haliyle yüzleşip duygularımla, yaşadıklarımı öyle hissediyorum. Olduğu gibi, en abartısız haliyle. Kendimde bir eksiklik arıyorum. Birden çok eksiklik. Neydi yani bende olmayan? Neydi? Bilmiyorum. Ama eksik olduğumu kabul ettiriyor bana ihanet. Eksik olmasam yerime başka birisi koyulmazdı. Demek ki eksiğim ben. Ve eğer Çiğdem'de, Çiğdem'in ihanetinde takılıp kalırsam, her Allah'ın günü bu eksiklik duygusuyla yaşayacağımı biliyorum. Şu an kendim için yapmam gereken bir iyilik var demektir bu durumda. Bu duygularla didişip tükenmek de bir haksızlıktır çünkü. Yaşadığım bu hayata, aileme, sevdiklerime haksızlıktır. Yaşanmışlıklarıma, inandığım değerlere haksızlıktır. O halde kendimi öldürmek yerine Çiğdem'i öldürmek kaçınılmaz görünüyor artık. İçimde ona dair ne varsa unutmak, unutarak öldürmek. İçimde bu duygularla yaşadığım bu hayatın yapabildiğim kadar dışında kalmak.

Bu şehri terk ederek başlayacağım buna. Bu şehri ve bu şehre yüklediğim her şeyi elimin tersiyle itecek, hayatımda belki de ilk defa, sonrasını düşünmeden, planlamadan yola çıkacak, gideceğim. Gitmeyi başaracağım.

Buradan, Çiğdem'den ve dahası kendimden. İhanete uğramış, bir tarafı sakat kalmış kendimden çok uzaklara gideceğim...

"Birinin yalnızlığı, binlercesinin zaferidir."

Liffey nehrinin kenarında oturmuş insanları ve martıları izler görünür ama aslında hiçbir şey görmezken, kafamda binlerce soru, yüreğimde binlerce çıkmaz sokak vardı, hiç biri ona ulaşmıyordu artık. Sonu mutlaka bir yerlere bağlanan anayollara çıkış yoktu. Bütün yollar, bütün köprüler yıkılmıştı. Cevaplar yoktu, sadece sorular. İç ferahlatan duygular uzaklaşmış, gülümseten incelikler yerini kaba saba davranışlara bırakmıştı. En sevdiklerini kırmaya başladığı zaman yüreği körelmeye başlamış demektir insanın, biraz da körleşmiş. En sevdiğini kırabilmişti Çiğdem, gerçekten sevmiş miydi peki? Sevseydi bu kadar kolay vaz geçebilir, yerime bir başkasını koyabilir miydi? Sevmemişti demek ki. Duyguları körelmişti, bana karşı körleşmiş, bizden vazgeçmişti. Duygularından vazgeçince hafifledim sanırsın, ne var ki omzuna paldır küldür çöken ağırlıkların farkına çok çabuk varırsın. Çiğdem de ağırlaşacaktı. Bu yıkılmış yollarda yürümek, bu kadar soruyla ve bu kadar yanlışla yürümek onun için de kolay olmayacaktı.

Kendime durmadan sorduğum ve fakat cevabı olmayan soruların, çıkmaz sokakların içinde boğuluyordum. Bir tercih yapmak zorunda kalan ve tercihini, yüreğini unutup aklıyla yapanların çoğu kez düştüğü durumdur bu. Yüreğindekileri yok sayanlardan duyguların da bir intikam alma şekli olacaktır elbet. Cevapsız sorular, çıkmaz sokaklar, yalnızlık. Çok fazla yalnızlık. Yaşadığım buydu. Ben "neden" diye bile sormamıştım. Ben duyduklarımı kabullenmiş, Çiğdem'in ardından bakakalmış, onun uzaklaşmasını sadece seyretmiştim. Ben hayatımda ilk defa, artık hiçbir şey için savaşmamaya karar vermiştim. Yine yenileceğimi baştan kabullenmiş, o giderken kılımı bile kıpırdatmamıştım.

"Birinin yalnızlığı, binlercesinin zaferidir" demişti babam bir keresinde. Demek ne çok yenilmiştim ben, demek farkına bile varmadan, gün gelip de kayıplar karşısında kolunu bile kıpırdatamayacak hale gelene kadar ne çok yeniliyordu insan.

Bu kadar çok yenilen varsa, onlardan çok daha az kazanan var demektir. Bu kadar az kazananın bu kadar fazla kaybedeni mağlup edebildiği bir dünyada tabi ki bir şeyler kirlenecekti ve bu kirlilik kanıksanmıştı, görülmüyordu. Peki nasıl oluyordu da bu kadar kirlilikle yaşayabiliyorduk? Bu kadar kirlenmişken, tepeden tırnağa temizlenmek nasıl mümkün olacaktı? Bu kadar kirlenmişken inanmak hala, mümkün müydü? İçimdeki duygular, bir insana duyduğum aşk ya da şu an yaşadığım bu acı, bu incinmişlik duygusu, yaşadığımız bu hayatın neresindeydi? İçimdekiler bağımsız mıydı dışımdakilerden? Şimdi bana acı veren bu tertemiz duygular, gerçekten olduğu gibi, tertemiz kalabilir miydi bunca kirliliğin içinde? Temizleyebilir miydi peki kendinden çok daha büyük, çok daha güçlü görünen bir dünyanın kirini?

Bu konuda pek umutlu değilim.

Bana acı veren bu duygulardan bir an önce arınmam gerek. Yaşadıklarımı unutmam, bir daha hiçbir şey hissetmeyinceye kadar içimdekileri öldürmem gerek. Beni hak etmediğim bir acıyla burada bir başıma bırakan bu dünya, hep kaybetmeye mahkum duygularım ve bu hayat zerre kadar umurumda değil.

Gözlerimi oturduğum yerin tam karşısına sabitlemiş kafamdan geçenlerle boğuşuyorum sürekli. Nehrin karşısında insanlar yürüyor, kafalarında sorularıyla ve o soruların cevaplarıyla birlikte. Nehrin karşısındaki insanlar birazdan bir çıkmaz sokağa girecekler. Oradaki otoparktan arabalarını alacak, bir anayola çıkıp, evlerinin yolunu tutacaklar. Kafalarının içinde yahut gözlerinin önünde bir farkındalık duvarı yok bu insanların. Kendilerini yalnızlaştırdıkları bir set çekmiş değiller hayatla önlerine. Sevdiklerini kırmamaya özen gösterirler örneğin, hayatlarına dair her detaya uzun uzadıya kafa yorar, her ayrıntıyı görmeye çalışır, gözden kaçan bir şeylerin hayatlarının akışını değiştirmesine izin vermezler. Onlar normal olanlardır. Onlar, nehrin karşısında yürüyen insanlar, bakınca karşılarında bir nehir ve o nehrin öte yanında oturan ya da yürüyen insanlar görürler sadece. Mutsuz olup bu durumun çözümlerini arar, sonra bir şekilde mutlu olmayı başarırlar. Mutsuzluk daha sonra tekrar gelip kapılarına dayansa bile onlar bunun yine icabına bakarlar. Hayat bu şekilde devam eder. Tekrarla, ısrarlı bir sıradanlıkla. Bu döngüye kimsenin bir itirazı yoktur, insanlar, normal insanlar bir kabullenmişlik haliyle oradan oraya savrulurlar.

Bense şimdi nereye baksam bir duvar görüyorum karşımda. Beynimdeki duvarlar, baktığım her şeye benliğimden önce yansıyor. Karşıma çıkan duvarların ötesini göremiyorum. Bir mutsuzluk anında dünyayla arama çektiğim bu duvarın öte yanından çok uzakta, oluk oluk akıp yiten hayattan, o sürekli tekrarlayan döngüden çok uzaktayım. Sorulara cevap bulmak, mutlu olmak için gerekenleri bulup çıkarmak ve yeniden mutsuz olmak, milyarlarca insanın dahil olduğu bu döngüye dahil olmak imkansız geliyor şimdi. Terk edilmenin ardından bir duvara açtığım gözlerim bir anda her şeyin ne kadar anlamsız olduğunu sermişti önüme. Bu farkındalık duvarı yıllarca parçası olduğum, kendimi akışına bıraktığım o dış dünyayla, o gündelik hayatla bağlarımı koparmıştı adeta.

Bu duruma nasıl geldiğimi sorgulamaya çalışıyordum, kendime sorular sormak, nerede yanlış yaptığımı bulmak istiyordum. Sonra yoruluyordum. Kabullenmek dedim ya. Kabullenmek soru sormaktan yorulmaktır bir bakıma. Hayatla arama giren bu duvar, üzerinde her şeyin anlamsız olduğu yazılı bu duvar er geç kalkacaktı gözlerimin önünden, biliyordum. Ama şu an duvarın bana bakan tarafında nispeten daha güvende hissediyordum kendimi. Duvarın arkasıyla, herkesin, çoğunlukla da kazananların olduğu tarafla hesaplaşmaya ya da uzlaşmaya hazır değildim henüz.

O'Connell caddesindeki büyük süpermarkette dünya biraları reyonunda bulduğum bir şişe Efes'i içerken dinlediğim o Ahmet Kaya şarkısı, şu anda duvarın bu tarafında da mutlu olabileceğimi düşündürdü bir an için. Kendi duvarımın kendimden yana olan tarafında, her şeyden uzak ama yine de mutlu olabilmek düşüncesi. İnsan kendi kendine mutlu olamaz mıydı? Neden olmasın? Yüreğinde eksilen parçaların yedeği bulunamaz mıydı?

Puzzle gibi örneğin. Hani koordinatlarını verirsin eksik parçanın, fotoğrafını falan çekip üretici firmaya gönderirsin. Bir süre sonra hakikaten dönerler sana- nedense her seferinde dönmeyeceklerini, umursamayacaklarını sanırsın, ama inatla döner o eksik parçayı tamamlarlar. Tam da böyle işte, desen ki evrene "işte bak, tam şuramdan eksildi giden, santim santim ölçtüm, bugüne kadar ağrıyan her yanımı karış karış biçtim, tarttım, eminim, giden bu sefer yüreğimin en çok ağrıyan yerinden gitti, en hassas, en kuytu yerinden, öylece gitti. Eminim oraya basıp gittiğinden. Bir yürek bundan daha fazla ağrıyamaz çünkü" desen.

Tamamlansan sonra. Tamamlasalar. Bir kere de kendiliğinden mutlu olsan.

Ama olamıyorsun.

Yalnızlık mesela, duvarın bu tarafında yalnız olmak, yalnızlıkla yalnız kalmak hiç aldırış etmeden buna, diğerlerinden uzak bir yaşam mümkün olamaz mıydı? Hırslardan, gündelik telaşlardan uzaklaşamaz mıydı insan? Ne kaybederdi uzaklaşsa? Ne kazanırdı? Bugüne kadar oradan umduklarım, beklentilerim, Çiğdem olmadan yaşanacak daha mutlu bir hayatı vadediyor muydu gerçekten? Bu dünyadaki, şu an gözlerimin önüne ördüğüm duvarın ardındaki açlık, sefalet, adaletsizlik, sevgisizlik ve tüm bunları kanıksamış olan ahalisi evrenin ve tüm bunlara karşı çıkan ve fakat bu sevimsiz gidişatın yönünü bir türlü değiştiremeyenler, tüm bunlarla yoğrulmuş bir hayat yetecek miydi bana?

Yakınında ve uzağında olduğum her şeyi, her arzuyu, her planı, her duyguyu, her statüyü, hepsini bir anda, kendime bile şaşırırcasına bırakmak, dişimle, tırnağımla, en baştan, hani bir sabah uyanıp pencereyi açmış da, içeriye yağmur sonrası toprak kokusu dolmuşçasına taze bir başlangıçla, o zamana kadar yaşadığım her şeyi unutmuş, hissettiğim bütün duygulardan arınmış, çevremi daha yeni yeni tanımaya başlamış, ilk dişini çıkarmak üzere olan bir bebek gibi, en baştan başlamak...

Öyle saf. Öyle temiz. Aklım beş karış havada...

Öyle mutlu. Tebessüm dolu...

Öyle olmak mümkün müydü? İmkansız mıydı yoksa? Er geç teslim olmak zorunda mı kalacaktım?

Efes'ten son bir yudum aldım gözlerimi kapatıp, ülkemde olduğumu hayal ettim. İçimdeki duyguların birdenbire yok olduğunu, son yıllarımı hiç yaşamamış olduğumu hayal ettim. Ayağa kalktım ve nehir boyunca yürümeye başladım. Bir sigara yaktım. "Yoruldum, çok yoruldum" diyordu Ahmet Kaya, "nereden bileceksiniz?". Bağırmak ne güzel olurdu şimdi. Bu yabancı şehrin ortasında, insan yüzlerine baka baka haykırmak, "yoruldum ulan, bilmiyorsunuz" diye haykırmak. Kimse anlamazdı nasılsa, bir iki saniye sonra ses havaya karışır, buhar olurdu. Yok. Hiç olmadı. Hiç duyulmadı. Sorun da tam olarak buydu. Kimse anlamazdı. Kimse kimseyi anlamazdı, çünkü anlamayan o kimseleri de anlamayanlar vardı.

Bağırmadım. Durdum.

Nehir kenarındaki banklardan birine oturdum tekrar. Cebimden bir tükenmez kalem çıkarıp bankın üzerine büyük harflerle "YORULDUM," yazdım. Sonra altına küçük harflerle "çok yoruldum" diye ekledim. Bu yabancı şehirde, bir bankın üzerine yazılı bu üç kelimeyi belki bir gün birisi anlardı. Yorgun birisi. Okuyunca mutlu olacak birisi. Okuyunca yalnız olmadığını düşünüp gülümseyecek birisi. Başkaları okumasa, anlamasa da olur. Zaten anlamıyorlardı. Anlamasınlar.

İncecik bir yağmur başladı sonra. İrlanda yağmuru incedir, yüzüne düşünce kirpiklerinden usulca süzülür. Döne yuvarlana gelip bir yerlere toslayan, pervasız bir hali yoktur. İncedir, düşüncelidir, yük olmaz. Yine de hatırlattıkları vardır. Yağmur hatırlatır. Geride kalan yaşanmışlıklara dair hatırlattıkları fazladır. Hatırlamak istemezsin. Hatırladıklarına tahammül edemezsin. Tahammül. Ne kadar yalnız, ne kadar iç bunaltan bir kelimedir.

Oturduğum banktan kalkıp yola çıktım ve karşıdaki bara girdim hızlı adımlarla. Bir haftadır yaptığım gibi en iç kısımda, dipte, en karanlık yerdeki masaya tek başıma oturdum. Bir haftadır yaptığım şeyler neredeyse birbirinin aynıydı. Aynı çilli oğlan viski getirdi. Omzunda havlu vardı. Dudağının sol tarafını sol yanağına çekti dudaklarını birleştirip. Kaşlarını kaldırdı üzgün bir ifadeyle. Sonra sırtını dönüp bara geçti tekrar. Anıların ne çok ortağı var.

"En değerli anılarımın bir ortağı da bu çelimsiz, çilli oğlan işte. Bu da benim trajedimin zirve noktası olsun. Teşekkürler çilli oğlan" diye geçirdim aklından. Bu kinayeli hal, bu tepki duyma durumu, kendimi soyutladığım yaşamla kurduğum bir bağ gibi geldi bana. Herkesleşmek gibi. Dışarıda bir çok insan şu an, şu saniye, sesli ya da sessiz, bir şeylere tepki duyuyordu. Tepki duymak bir an için yaşadığımı, duvarın arkasında, herkesle bir arada olduğumu hissettirdi. Bu hissi sevmedim. Bu hissi öldürmek için içtim.

Halbuki bankta biraz daha kalsam, bara girmekte acele etmeyip biraz daha dışarda kalsam, herkesten uzak ama yine de herkesin arasında. Çiğdemden uzak ama yine de ondan kaçmaya, onu unutmaya çalışmadan kalsam o bankta. Az sonra yağmura eşlik edecek güneşle birlikte ortaya çıkan gökkuşağını görebilecektim belki de.

Duvarların engelleyemediği tek şey gökkuşağıdır çünkü.

"O şey her neyse, güzeldi işte, bir ismi olmasa da olurdu."

Üçüncü duble viskiyi de bitirmiş, gözlerimi ahşap masaya sabitlemiş bir şekilde otururken, barın giriş kapısından başlayıp masamın önüne kadar kırılmadan uzanan ışığın tam ortasına gerilmiş bir ip gibi kendinden emin adımlarla bana yaklaşmakta olan gölgeyi fark ettim. Yüzü tam seçilmiyordu. Uzun bacakları ve uçları ters ışıkta kızıla çalan, ışıl ışıl saçlarıyla yürüyen bir gölgeydi bu. Masanın önüne gelince durdu ve çantasını yan taraftaki sandalyeye bıraktı. Bej rengi ince pardösüsünü çıkarıp çantanın üzerine bıraktı gelişigüzel bir şekilde. Oturmadan, iki elini masaya dayayıp zarif gövdesini önüme doğru eğerek şaşkın bakışlarımı delercesine yüzüme doğru uzandı.

"Beni tanıyamayacak kadar mı içtin yoksa özgür ruh?"

"Joanne?"

"Tam isabet!"

"Işık. Gölge. Viski. Bu tür şeyler işte."

"Sorun değil arkadaşım, günün sonunda hepimiz batan teknemizi eve götürecek birini ya da bir şeyleri bekleriz. Senin beklediğin de benim belki, olamaz mı?"

"Olamaz."

Bir keresinde birlikte izledikleri *Once* filmine gönderme yapıyordu Joanne, filmdeki *Falling Slowly* şarkısına.

Al bu batan tekneyi
götür eve.
Vaktimiz var hala.
Yükselt umutlu sesini
Seçme şansın var.
Başardın bile.
Düşerken yavaşça
Senin şarkını söylüyorum
Söylemeden yapamam...

"Beni nasıl buldun? Görüşemeyeli uzun zaman oldu. Tesadüf mü?"

"Tesadüf, geçerken uğradım" dedi Joanne. Çilli barmene doğru baktı ve içki getirmesini işaret etti. Burada olduğumu ve iyi görünmediğimi belki de bu çilli haber vermişti Joanne'e. İlk kez Joanne getirmişti beni buraya, barın müdavimiydi. Okulda tanıştığımız günün akşamında, ne olduğunu bile anlamadan Joanne'in arkadaş grubunun ortasında bulmuştum kendimi. Hemen hepsiyle kaynaşmış, geç vakitlere kadar eğlenmiştim onlarla. Şaşırılacak bir durum değil, İrlandalılarla kaynaşmak kolaydır.

* * *

Çiğdem'le tartıştığımız bir gündü, bunu son zamanlarda çok sık yaşar olmuştuk. İncir çekirdeğini doldurmayacak konulardan alevli tartışmalar çıkarmayı başarıyorduk. Zaten aynı şehirde ayrı evlerde yaşıyorduk, dolayısıyla gecenin sonunda Joanne'i evime davet etmem, yalnız yaşayan ve sevgilisiyle sorunlar yaşayan genç bir adamdan beklenmeyecek bir davranış değildi. Sonraki zamanlarda da hep bu barda buluşmuştuk Joanne'le. Erken saatte gelinen, geç vakitlere kadar ikimizin sohbetlerine, suskunluklarına tanıklık eden mekândı bu bar, tanıklık ettiği başka bir şey yoktu. Dublin'in kalabalık ve gürültülü ve genellikle turistlere hitap eden Temple Bar bölgesinin abartılı atmosferinden uzak, nispeten daha sakin, daha kendi halinde bir mekândı. Samimiydi. Çilli çocuk da öyle.

* * *

Bu bara ilk geldiğimiz gün ilerleyen saatlerde "çok yalnızım" demiştim Joanne'e, "ülkemden çok uzakta, aşık ve mutsuzum. İstemediğim bir alanda eğitim almaya ısrarla devam ediyorum, çünkü artık gerçekten istediğim şeyleri yapmak için geç kaldığımı düşünüyorum. Deliler gibi sevdiğim bir kadın var ama onun da benimle mutsuz olduğunu hissetmeye başladım. Bu düşünce beni çılgına çeviriyor. Onun benimle mutsuz olması ihtimali, büyük bir boşluğa itiyor beni, anlıyor musun? Tanımadığım bir kadınla saatlerce konuşmaya, ya da susmaya ihtiyacım var Joanne, uzun zamandır içimde biriktirdiklerimden kurtulmaya, bu yükü beni dinleyerek benden alacak birine ihtiyacım var, başka bir şeye değil."

"Seni saatlerce dinleyebilirim Onur," demişti yüzünde dostça, sıcacık bir gülümsemeyle.

Sanırım Joanne de benim gibiydi, o duvarın öte tarafındaydı, herkesle bir arada değildi. Kendi ördüğü duvarın arkasında, kalabalıklardan uzaktaydı. Bunu şimdi anlıyorum. O günkü gibi, içimden geldiği gibi, hiçbir kaygı duymadan, burada ona her şeyi anlatıp, Çiğdem'in gidişini anlatıp, içimi ona olduğu gibi dökerken bunu daha iyi anlıyorum.

İskoçyalı bir ailenin tek kızı Joanne. İrlanda'ya yıllar önce, aynı ben ve Çiğdem gibi, doktora eğitimi almak için gelmiş, burada tanıştığı İrlandalı bir gençle evlenerek Dublin'e yerleşmiş. Bir kızı var, adı Josephine. Annesi gibi onun da çilleri var, gözleri yeşil. Joanne, Trinity College Psikoloji Bölümü'nde akademik çalışmalarına devam ederken bir yandan da uzmanlık alanıyla ilgili derslere giriyor. Boş olduğum bir gün bölümün lisans ders programını incelerken kendimi tesadüfen Joanne'in verdiği Kriminal Davranış Psikolojisi dersinde bulmuştum, tanışmamız bu şekilde oldu. Kriminal bir hayatım olmamasına rağmen kriminal işler hep ilgimi çekmiştir. Beni yığınlardan ayıran bir özellik değil bu. Kriminal işler milyonlarca insanın ilgisini çekiyor günümüzde nedense.

Joanne'in ders anlatırken söylediklerinden, hareketlerinden ve mimiklerinden müthiş bir enerji ortaya çıkıyordu. Bir bütün olarak yaptığı her şeyle dikkati üzerinde topluyor ve o izin vermedikçe dikkatinizin dağılmasına imkan yokmuş gibi hissediyordunuz. Bir insanın üzerimde bu denli etki yaratmasından rahatsız olduğum için mi bilmiyorum ama birdenbire yüksek sesle bağırdım Joanne'e dersin ortasında. Tanışmamızı sağlayan yüksek sesle sorduğum bir soruydu:

"Ruhum kime ait?"

"Afedersiniz?"

"Ruhum diyorum, kime ait? Belki de bütün mesele bu? Bütün bunlar, bütün bu bahsettikleriniz belki de bu arayışın bir sonucu. Ruhun ele geçirilmesi ve peşinden gelen geri alma mücadelesi? Bunun gibi bir şey."

"Tabi ki de sana ait" gibisinden bir şeyler diyecek oldu önce Joanne ama sustu. Birdenbire böyle bir soruyla ortaya atılan birine yetecek bir cevap değil çünkü bu, bunu soran kişinin ciddiye alacağı bir cevap da değil, farkında Joanne.

"Ruhu ele geçiremezsin, ona sahip olamazsın. Kimse olamaz. O nerede olmak isterse oradadır, kiminle olmak isterse onunladır. Ruhun diyorum, sana ait değil. Sen ve sana dair bir çok şey, ona aitsiniz."

"O zaman sorun değil," dedim, "bana istediğini yapabilir, itirazım yok."

Dudağımdan yüzüme doğru içten bir tebessüm yayıldı, Joanne'den de karşılık bulan bir tebessümdü bu. Dersin sonunda öğrenciler amfiyi boşaltıp, Joanne ders notlarını toplarken ben koltuğa iyice yayılmış, yüzümde aynı tebessümle yerimde oturuyordum hala.

"Bence, mükemmel olmasa da iyi cevaptı, idare eder, yani en azından bir kahveyi hak ediyorum" diye seslendi Joanne. Sanki bende onu çeken bir şeyler vardı, bakışlarından, gülümsemesinden bunu hissettim. Aynı şekilde ben de bir an önce onunla tanışmak, saatlerce konuşmak istiyordum. Bu kadının yakınında olmak iyi hissettirecekti. En azından o an hissettiğimden daha iyi hissedecektim. Nedensiz bir şekilde, çok fazla inanıyordum buna, onda da benzeri duyguların ortaya çıktığından neredeyse hiç şüphem yoktu.

İki elimi dizlerime vurarak kalktım ve "varım" diye bağırarak Joanne'in kahve teklifini onayladım. Bu uzun boylu, beyaz tenli genç kadında beni çeken neydi? Sadece fiziksel güzelliği mi? Zekası, sıcak gülümsemesi mi? Çiğdem'le yaşadığım sıkıntılar mı? Hepsi birden mi? Sanırım hepsi birden geçerliydi. Bu güzel kadını tanımak istiyordum ve bunun aşkla ya da aldatmakla falan en ufak bir ilgisi yoktu. Sıcak bir sohbetten, gülümseyen bir yüzden uzak kalmıştım bir süredir, en büyük sebep buydu.

* * *

Fakültenin hemen önündeki kahve makinesinden iki bardak kahve aldım. Güneşli bir İrlanda günü, birbirini hiç tanımayan iki insan, Joanne ve ben, fakültenin önündeki çimenlerde, ellerimizde kahvelerle ve sanırım birbirimizle çok iyi anlaşacağımıza dair kuvvetli bir hisle oturup koyu bir sohbete koyulduk. Ufak detaylardan hayata dair sorgulamalara, genellemelere uzanan bir yelpazede konuşulanlar, sohbetin çapının bu kadar sürede genişlemesi Joanne'e dair başlangıçta hissettiklerimin ne kadar yerinde olduğunun göstergesiydi. Çok fazla benzer yanımız vardı. Bu sohbetten müthiş keyif alırken diğer yandan bu durumun tuhaflığından kaynaklanan o gerilimi de hissediyorduk. Fakat çok da üzerinde durulacak bir gerilim değildi bu, kısa sürede yok olacaktı zaten. Kısa süre içinde yıllardır tanışan iki insan gibi olacaktık.

* * *

"Derste sorduğun soruyu ben de soruyorum çoğu zaman kendime. Gerçekten, ruhum kime ait benim?" deyip, soruyla bir bütün olmuş gibi anlatmaya başladı Joanne.

"Eğer bana aitse, neden sanki hayatımı çok önceden, ihtiyaçtan dolayı satmışım da, bana ödünç olarak verilmiş bir şekilde, içime sinmeye sinmeye yaşıyorum? Dışı kusursuz görünen bu hayatın içinde olması gereken o ruhu, baştan aşağı bana ait olan, benim olan o ruhu nereye koydum, bulamıyorum."

"Görünüşte mükemmel hayatları olan insanların herkesten gizledikleri irili ufaklı trajedileri vardır hayatlarında" dedim Joanne'in gözlerinin içine bakarak. Yaşamında her şeyin yolunda gitmediğini sezdim, benziyorduk çünkü. Tanıdık bakışlarımız, benzer cümlelerimiz vardı. Görünenin altında gizli bir şeyler vardı Joanne'in de hayatında, herkesten gizlediği mutsuzlukları vardı ve bakışlarıyla beni onaylıyordu sanki.

"Görünüşte mükemmel hayatları olmayan insanların hayatlarındaki o trajedilerden, yıkımlardan daha derin çizikler oluşur görünüşte mükemmel hayatlar yaşayanlar insanlarda. Mükemmel tuğlalarla örülmüş bir binanın göz alıcı pencerelerini dışarıya kapatan o ihtişamlı perdeler, o perdelerin ardına santim santim sinmiş mutsuzlukları, açılan derin yaraları, o derin kesikleri de kapatabilseydi keşke. Ama kapatamıyor. Sefaletlerini milyonların gözü önünde, milyonların yüzüne vura vura uluorta ve kendini saklamadan yaşayanlar mı sefil bir durumdaydı yoksa kusursuz bir mühendislikle tasarlanmış bir sistemde, yüksek ve uzak binaların, rengârenk boyaların, ışıltılı metallerin ya da kırışıksız kıyafetlerin içinde gri, soluk ve kırış kırış bir hayatı yaşamaya hapsolmuş olanlar mı?"

"Cevabını biliyorsun," dedi.

"Sefaleti sefalet yapan yaraların ya da yaşadıkların değil, onun var olduğunu içten içe bilmen ve gizlemek zorunda olmandır aslında. Mükemmel görünmek zorunda olman, kusursuz görünmek, kenarında bile dolaşmak istemediğin ama gırtlağına kadar battığın cerahatle semirmiş bir hayatı yaşamak zorunda olmak ve her şey yolundaymış gibi yapmak. Hiç sorun yokmuş gibi, bütün aksamların sorunsuz çalışıyormuş gibi. Gibi. Ne iğrenç bir kelime."

Kahvesinden bir yudum alıp yüzünü gökyüzüne çevirdi Joanne. Bir müddet göğü izledi ve sonra bana döndü.

"Çöplükleri eşeleyip yiyecek bir şeyler arayan adama sefil diyemezsin çünkü o içinde bulunduğu hali gizlemez, değil mi? Hayatla kavgalı ama kendi hayatıyla barışıktır o. Kendi gerçeğini kabullenmiş bir halde alenen yaşar, yaşadığı her neyse. Koşullarının nasıl olduğu çok da önemli değildir onun için. Gizlenmez. Senin sefil gözüyle baktığın o hayat, onun için kabullenilmiş ve gizlemeye gerek duyulmayan çırılçıplak bir gerçektir sadece. Gerçek, alçak ve yakın duvar diplerinde gerçektir, yüksek ve uzak binalarda değil."

Yeni yıl coşkusuyla süslenmiş, rengârenk ışıkla donatılmış bir caddede eli kolu poşetlerle dolu fakat hala mutluluğu satın alamamış bir halde yürürken gözlerine bakmaktan bile kaçındığı bir evsizin aksine, kendi hayatıyla barışık değildi Joanne. Kusursuz görünen hayatının ardında, o göz alıcı perdelerin ardında yaşadığı ve o mükemmel tuğlalarla örülmüş evinden dışarı adım attığı her gün, ta ki o tuğlaların içine tekrar geri dönene kadar gizlemek zorunda olduğu ve iyileşeceği yerde her gün daha da derinleşen, daha da yakan, avuç içindeki bir kağıt kesiği gibi acıtan, ama sevimsiz acıtan, berbat bir ilişki. Ve kızı. Kızı için bu berbat hayata katlanmak zorunda olması. Sonuçlarını kestiremediği için buna bir son vermek adına en ufak bir adım bile atamaması. Bu oyunun aynı sahneler, aynı dekor ve aynı maskelerle her gün yeniden tekrarlanması. Eve geldiğinde o poşetlerin aslında bomboş olduğunu fark ettiği an.

Kör olduğunu, soluklanamadığını, hiç bir dokunuşu hissetmediğini, güzel ya da çirkin hiçbir melodiyi duyamadığını fark ettiği an. Burnuna artık sadece pis kokuların geldiğini ve sadece onları koklamak zorunda olduğunu fark ettiği o içler acısı an.

Sefalet dediğin tam olarak budur.

Joanne dahil hepimizin aslında yaşadığı hayat tam olarak budur.

“Belki de gerçekten derste dediğin gibidir,” dedim, “ruhun şimdilik, bir süreliğine seninle olmak istemiyordur. Sağda solda biraz gönül eğlendirip yine sana dönecektir. Olamaz mı?”

“Olabilir,” dedi Joanne, “ama gecikmesin olur mu?”

“Olur,” dedim, “kendisine ileteceğim.”

Sonrasında Joanne'in arkadaşlarıyla buluşup bara gittiğimiz o ilk akşam, Joanne bir bahane buldu ve o gece kızı ve kocasıyla değil, benimle kaldı. Yalnızdım ve bunu ondan ben istemiştim. İsteğimi geri çevirmedi ve o gece sabahın erken saatlerine kadar hiç konuşmadan sadece beni dinledi, hiç anlatmadı. Hayatına, mutsuzluğuna dair detaylara hiç girmedi. Gecenin ilerleyen saatlerinde tavsiye ettiği *Once* filmini açtık ama ben filmin ortasına bile gelmeden Joanne'in omzunda sızıp kaldım.

Sanırım Joanne filmi yine sonuna kadar izledi. Kaçıncı izleyişi olduğunu hatırlamıyordu artık, öyle söylemişti. Replikleri içinden, karakterlerden de önce ezbere söylüyordu.

* * *

Çok sonra tekrar izledim filmi. Joanne'i, onun bu filmi neden defalarca izlediğini anladım.

Çocukla kızın arasında imkansız aşka benzeyen bir şey vardı. Tam olarak aşk gibi de değildi. En azından günümüzde yaygın olan aşk anlayışının dışındaydı diyebiliriz. Ne olduğu çok da önemli değildi aslında. Aralarındaki o şey her neyse, güzeldi işte, bir ismi olmasa da olurdu. Joanne'le aramızdaki gibi. İsimsiz. İsim koyulmayacak, cisimleşmeyecek bir şey. Sadece bir isim koyarak anlatılması zor bir şey. Olduğu gibi, o haliyle değerli olan, tertemiz bir şey. Başka bir boyuta taşınmasına gerek duyulmayan, isme ihtiyaç duymayan bir şey. Dostluk de istersen, ne dersen de yetersiz kalacak ama güzel bir şey işte, tek kelime, güzel.

Filmin sonunda kızın evine bir piyano geliyordu. Bir ayrılığın, yaşanmamış ve yaşanmayacak olanların asla kapanmayacak bir izi olacaktı bu piyano. Son sahnede evinde, pencerenin kenarında bu piyanoyu çalıyordu kız. Çocuğu kocasının kucağındaydı.

Kız pencereden dışarı bakıyordu.

Mutlu değildi. Kabullenmişti sadece.

Benim gibi.

"Aşk belki de sahip olma duygusunun tatmin edilebildiği yere kadardı."

"Beni bir bütün olarak görüyor, paramparça etmek istiyorsun. İçimdeki duygu ve düşünceleri birbirine çarpmak, onları sersemletmek, yerlerini değiştirmek istiyorsun. İyiyi düşünmenin can yakacağına inandırmak istiyor, kötüyü düşünmenin mutluluğa giden yolun başlangıcı olduğuna inanmamı bekliyorsun. Böylelikle dilediğin kötülüğü yapabilirsin bana. Böylelikle bana yaptığın kötülüğün farkına bile varamadan, senin içindeki karanlığın orta yerinde körleşmiş bulurum kendimi, yolumu bulamam. Bunu istiyorsun. Beni parçalarıma ayırmak, duygu ve düşüncelerimden arındırmak istiyorsun. Oysa ben çoktan paramparça ettim içimi. Santim santim biliyorum kendimi. İçim içime sığıyor benim. Paramparça ve yerli yerinde. Ne kımıldamaya niyetli, ne de ayartılacak kadar naif. Sadece kırık, sadece dökük ve sadece kendinden mustarip."

Çiğdem'e söylemek istediklerim aşağı yukarı bunlardı. Söyleyemedim.

Bunları gerçekten Çiğdem'e mi söylemek istiyordum yoksa içimdeki boşluğu bu cümlelerle doldurmak, kendimi yeniden tanımlamak mı istiyordum emin değilim. Aslında sadece Çiğdem'e değil, beni kuşatan bu dünyaya, bu dünyanın düzenini, yaşadığımız bu hayatın köşe taşlarını belirleyen her kim varsa onlara da söylemek istediklerimdi bunlar. Beni paramparça etmek istediğini düşündüğüm Çiğdem'di evet, ihanet birini paramparça etmek için son derece yeterli bir enstrümandır çünkü. Çiğdem de bunu yapmıştı. İhanet etmişti, beni kırmış, tuzla buz etmişti. Duygularım, içimde yerli yersiz coşkulara sebep duygularım şimdi yerli yersiz hezeyanlara sebep oluyordu. Aynı duyguyu farklı biçimlerde duyabiliyordu demek ki insan. Bu da senin duygularını bir başkası yönetiyor demekti aslında. Çiğdem benimken coşkuyla doluyordum. Çiğdem başkasınınken hezeyanlara kapılıyordum. Aşk belki de sahip olma duygusunun tatmin edilebildiği yere kadardı, bir şeylerin "benim" olmasıyla alakalıydı. Sahiplenme hırsı kötü bir şeydi muhakkak. Ama yine de benim olan neden bu kadar kolay kayıp gidiyordu ellerimden? Bu kadar kolay kaybetmek, hezeyanlarımı da bir bakıma haklı çıkarmaz mıydı?

Yine de sadece Çiğdem'e odaklanıp, içimde verdiğim bu karmaşık, sonu nereye varır belli olmayan mücadeleyi sadece ona mal etmek de yanlış olur. Ayak uyduramadığım yavan ilişkiler, sahte gülüşler, dolap çevirmeler, bencillikler, ikiyüzlülükler, haysiyetsizlikler...

Sadece aşk değildir seni paramparça eden, seni senden almaya çalışan, sende olanı yıkmaya çalışan o duygu değildir sadece.

Kendinden olmayanı en iyi ihtimalle kenara, görünemeyen bir noktaya iten, adına siyaset denen o illet, o illette tutulmuş ve bunun farkında olmayan kitleler, bağırarak, saldırarak kendini dayatan, anlamayı ve anlatmayı, hoş görmeyi, şans vermeyi rafa kaldırmış, sokak ağzıyla birbiriyle dalaşan sözüm ona liderler, her yanından yapış yapış yalakalık akan, adına medya denen o silah ve gözünü kulağını kapatsan da hayatına bir şekilde, dolaylı olarak da olsa giren metinleri onların, istedikleri şekilde yazıp hayata diledikleri gibi şekil veren metinleri. Yalanları. Yıkıp, değiştirip, amaçlarına uygun bir şekilde yeniden düzenledikleri bir tarih yazını. Söylenen onca söz. Bizim için olduğu iddia edilen, içinde bizim geçmediğimiz tuhaf metinler.

Her an, her saniye içimi paramparça etmeye çalışan, önüme tek alternatif olarak sadece kötülüğü, bayağılığı koyan bu dünya, onca insan, onca olay. Geldiğim noktada bunların hiç mi kabahati yoktu, hiç mi sorumluluğu yoktu? Kendinden mustarip bu halimin tek sebebini Çiğdem'in ihanetiyle açıklayabilir miydim? Hayır açıklayamazdım. Yaşadığım hayattan, planlarımdan, kararlarımdan, bu dünyadan çoktan yorulmuştum ben. Ülkemden ayrılıp, eğitimime başka bir ülkede devam etmeye karar vermiştim. Burada kendimi gerçekleştirme şansımın daha fazla olacağını düşünmüştüm. Burada daha mutlu olacaktım. Olmadı. Sorun ülkelerle, sınırlarla alakalı değildi belki de. Sorun içerdeydi. Yıllar boyunca doğrudan ya da dolaylı, dışarının içeriye tıkıştırdıklarındaydı sorun. Kaçamıyordun onlardan, dışarıya kaçsan da içerden kovalanıyordun.

Şunu biliyorum. Kariyer için yaptığım şeylere inanmıyor, bu yöndeki hayallerimi sürekli erteleyeceğimi, onlara tüm benliğimle bağlanmadığımı içten içe hissediyordum. Bir süredir yokuş aşağı devam eden ve aslında hiç de karmaşık olmayan hayatımı, ezberlenmiş adımlarla devam ettiriyordum. Vites boştaydı. Yeni hayaller kurmaya, başka yerlerde başka adımlar atmaya gerek yoktu. Kariyer dediğin neydi ki sonuçta? Seçeceğim hiçbir yol, hiçbir zaman tam anlamıyla bana hitap etmeyecekti, bir şeyler hep eksik kalacaktı nasılsa. Bu durumda var olanla, hali hazırda devam etmekte olanla, yani akademiyle yetinmek en mantıklı olandı. Hayat kısa, zaman dardı. Nasılsa Çiğdem vardı. Çiğdem yeterdi. O bana bu hayatta eksiklik duygusunu hissettirmeyen tek şeydi. Hayatıma dair her şeyin tamamlanmış olduğu duygusunu veriyordu bana. Bu, bir insanla bir ömür geçirmeyi istemek için yeter de artar bir sebeptir. Bu duyguyla hayat hep yokuş aşağıdır, kolaydır.

İşte bu yüzden, Çiğdem'in ihaneti düzlüğün hemen sonrasında karşına çıkan bir rampa gibiydi. Yokuş aşağı inerken yakıtım bitmişti ve düzlük yok denecek kadar azdı.

Çiğdem'in ihanetiyle karşıma çıkan o dik rampa beni gerisingeriye iterek aslında yorulduğum hayatımla yüzleşmemi sağlamıştı. Şimdi düzlükteyim. Orada sabit duruyorum. Şimdi ne ileriye gidip o rampayı aşmak gibi bir isteğim, ne de geriye dönüp, çoktan indiğim o yokuşu yeniden, geriye doğru tırmanacak gücüm var. Nedenleri, nasılları düşünmek, ahları vahları biriktirmek ya da kendime yüklenmek her zamanki gibi. Bütün bunlar artık bana yer olmayan bir yolda yürümeye çalışmak demek. Benim Çiğdem'i öldürmem gerek. Zaten paramparça olmuş içimde onu öldürmem ve arkama bakmadan bu yoldan çıkıp gitmek kendime yapacağım en büyük iyilik şimdi. Bu yoldan çıkıp, taş toprak da olsa başka bir yoldan yürümem gerektiğinin farkındayım. Çünkü yürüdüğün yol yürünmez hale geldiğinde tek çaren yoldan çıkmaktır.

Yoldan çıkmadan yol alamazsın.

"Beynim kalabalık, ruhum değil"

Uçaktan indiğimde ülkeye döndüğümü anlamam çok uzun sürmedi. Valizlerimi aldıktan sonra çıkışa doğru yürüdüğüm elli metrelik mesafede üç kez omuz yedim ve sadece genç bir arkadaş dönüp gülümsemek nezaketinde bulundu.

Ahlaktan, iyi huydan çok fazla söz eden insanlarız biz ama sadece söz ediyoruz, ülke tecavüzden, cinayetten, gasptan geçilmiyor. Ota boka kahkahayla gülen insanlarız ama birbirimizden ufacık tebessümleri esirgiyoruz. Hepimiz kardeşiz ama ara sıra birbirimize tekme, tokat, taş, pala ne bulursak dalıyoruz. Böyle de tuhaf bir kardeşlik anlayışımız var. "Hoş geldin" dedim gülümseyerek kendime, "hoş geldin."

O gülümseme iyi geldi, gülümsemeler iyi gelir.

Katlanmak zorunda olduğum ne çok şey vardı benim. Beynim, ruhum ne kadar kalabalıktı. "Beynim kalabalık, ruhum değil" diye bir söz görmüştüm bir yerde geçenlerde. Ne şanslıydı bunu söyleyen. Ruhunu kurtarabilmişti en azından, onu soyutlayabilmişti. Bu rezil hayattan, ruhsuz kalabalıklardan tamamen arındırabilmişti belki de ruhunu. İmrendim bunu söyleyen adama, gerçekten başarabilmiş miydi sorgulamadım. Başardı kabul ettim, başardı ki yazıya dökebildi. Kendi başarısızlığıma yandım ben, bu kepaze hayatın ortasında içimdekilerle debelenmekten, içimde ve dışımda her gün biraz daha kalabalıklaşmaktan başka bir halta yaramıyordum, ona yandım.

Şimdi doğru Taksim'e gidecek, önce bu valizleri bir yere emanet edecek ve sonra insan manzaralı bir barda oturup geç vakte kadar içecektim. İnsanları izleyecek ve ne kadar berbat hayatları olduğunu düşünecektim. Evet aynen böyle yapacaktım, farkında olmadan, sanki iyi bir halt ediyormuş gibi beyhude yaşayan insan sürülerini izleyip keyif alacaktım. İçinde bulunduğum bu berbat halden kısa süreliğine de olsa sıyrılabilirim belki bu şekilde.

Kendimi kandırarak da tutunabilirim hayata. Başka türlü yaşamıyor ki insanlar.

Hem dostlarım vardı bu şehirde. İyi dostlar. Onları arayacaktım. Onlara içimi dökecek, onlarda teselli arayacaktım. Yanlış bilinir, erkekler ağlar en çok. En çok onlar gizler çünkü. Utanmayacak, gizlemeyecek, doya doya ağlayacaktım, bağıra bağıra, onun ismini çağıra çağıra ağlayacaktım. Dostlarıma sarılıp ağlayacaktım. Tek başına ağlamak yetmez ki. İçindeki zehri tamamen akıtmak için başka omuzlara ihtiyaç duyarsın. Şefkatli eller sırtında, saçlarında dolaştıkça ağladığını anlayabilirsin ancak. Çiğdem'e dair ne varsa içimde, kusacaktım. Kusa kusa bitirecektim onu, dostlarım bitirme kararımı perçinleyeceklerdi. Özgüven pompalayacaklardı bünyeme, sönmüş, yere serilmiş benliğime eski şeklini vereceklerdi. Ayıp değil, dostlarıma tutunacaktım.

Böyle zamanlarda ailenden ve dostlarından başka kime tutunabilirsin ki? Başka kimden medet umabilirsin?

Havaalanından Taksim'e giden servise bindim. Güneşli bir ilkbahar akşamüzeri, geçmişime dair önemsediğim en önemli şeyi, Çiğdem'i, bütün yaşanmışlıklarımla beraber ardımda bırakmıştım işte. Kendimi buraya atabilmiştim.

Uzun süre aynı yolda yürüdüğün insanlarla yollarınız ayrılınca, tek başına yürümeye başladığın o ayrı yol bile ayrıldığın insanları hatırlatır.

Aslolan yoldur çünkü. İstikametler değişir lakin ikamet yolun kendisidir.

Servis kalktığında ona gidiyormuşum hissine kapıldım bir an. Sevdiklerinden uzağa düştüğünde herhangi bir yolda yürürken ya da herhangi bir yere giden herhangi bir otobüse bindiğinde kapıldığın o hissin ta kendisi.

Yola dair her şeyin sevdiklerini hatırlatması. Bir an için kendini kaptırdığın o sahte kavuşma hissinin ardından yüzleştiğin o buz gibi uzaklık hissi. Her adımda daha da uzaklaştığın, geri dönüşlerin her adımda daha da imkansız hale geldiği hissi. Varacağın yerin önemini yitirdiği anlar.

Varacağım yer önemli değildi. Uzaklaşıyordum işte, ondan uzaklaştıktan sonra nereye gittiğimin bir önemi yoktu. Kızgınlık gitgide burukluğa dönüyordu içimde. Yine de kararlılık bırakmıyordu yakamı. Çiğdem'i öldürecektim içimde. Unutacaktım. Ondan uzaklaşarak bunun ilk adımını atmıştım. O şehri içinde Çiğdem olmasına rağmen yüzüstü bırakamayacağımı sanmıştım. Kımıldayamam, o rezil halimle orada kalırım sanmıştım. Bırakmıştım işte. Artık ihanetle anacağım o şehri ve Çiğdem'i birbirlerine bırakmıştım. İlk aşama tamamdı, ne halleri varsa görsünlerdi. Geriye tüm yaşanmışlıkları yenileriyle değiştirmek kalmıştı.

Uzaklaşmıştım ve daha da uzaklaşacaktım. Unutacaktım.

Öyle olması gerektiğine inanıyordum. Öyle olmasını istiyordum. Çiğdem'i yok saymam, yaşadıklarımızı ve bana yaşattıklarını unutmak zorundaydım. Böyle yaşanmazdı çünkü. Yaşananları yok saymadığım taktirde yaşamaya devam edemezdim. Otobüsün camına bir yağmur damlası yapıştı. Güneş yerli yerinde duruyordu. Kulaklığımdan beynime, oradan da tüm gövdeme yayılan sesler içimdekilerden tamamen farklı şeyler söylüyordu.

"Bugün güneş doğmayacak
Bugün sen çok öleceksin
Biraz düşlerine eğil
Orada bir şey bulacaksın"

Ben gözümü uzaklara, bambaşka bir hayata çevirmiş, kendime bunları telkin ederken bu şarkı yıllar öncesine götürdü beni, o an o otobüste değildim artık.

Ankara'dayım, üniversite yıllarımda. Çiğdem'le yaşadığımız evin kapısını açıyor bana bu şarkı, holdeki soğuk mermerlerin üzerinde tedirgin adımlarla yürüyüp mutfağa ulaşıyorum. Birlikte hazırladığımız Pazar kahvaltısına oturuyorum sonra, simitçinin sesi çay kaşığının çıkardığı sese karışıyor, balkona koşuyor simitçiye sesleniyorum. Kahvaltının hemen ardından salona bitişik odada, yer minderlerinin üstünde battaniyeye sarılıp, benim sırtım duvara, onun sırtı göğsüme dayalı, birlikte kitap okuyoruz bütün gün boyunca, camın kenarında çayın dumanı tütüyor ve fonda ille de Hüsnü Arkan söylüyor. Şarkıya inat biz "unutamıyoruz mavileri, çiçeğe su vermeyi unutamıyoruz." Çünkü birlikte yarattığımız bu sığınakta, her şeyden sıyrılıp kendimize kaçabildiğimiz bu sığınakta mutluyuz. Ev soğuk ama sıcacık bir sevgimiz var. Dışarısı soğuk, dışarıda açlık, yoksulluk, sefalet var. Şiddet var, nefret var, öfke var. Bizimse daha güzel bir dünyaya inancımız var. Sevgiyle, inançla ve biraz da kendimizi kaptırdığımız masum kandırmacalarla kurduğumuz bu küçük dünyada, Çiğdem ve ben, mutluyuz.

Mutluyduk.

Gel gelelim bütün bu anılar geride kaldı artık, bunun farkındayım. Ne kadarı gerçek, ne kadarı yalandı, gözlerim gerçeklere ne zamandır kapalıydı bilmiyorum. Otobüs sıcak, ben üşüyorum. Aldatılmak değil de daha çok aldanmak üşütüyor sanırım, çünkü sürekli kendimle uğraşıyorum, kendime saldırıyorum. Bu saldırıların sonunda Çiğdem ölecek, içimde Çiğdem'e dair tek bir zerre bile kalmayacak, bunu biliyorum. Lakin benden geriye ne kadarım kalacak, ondan emin değilim.

Çünkü geçmişi bugünden bir fiil çekimiyle ayırabilirsin. Kendini geçmişten ayırabilmek için binlerce iç çekmelisin.

"Çünkü gideceklerine inanmıyorsun. İnandırmıyorlar."

"Alo. Neredesin lan? Neredesiniz oğlum siz, sözleştiniz mi lan hepiniz telefona çıkmamaya? Neey? Taksimdeyim ben, döndüm, döndüm. Evet. Uzun hikâye, boş ver. Gelsene oğlum işte, oturalım. Neey? Halı saha mı var? Halı sahanıza sokayım, oldu mu? He tamam, oldu tamam, şimdi siktir git korner falan kullan! O göbekle anca korner kullanırsın zaten. Tamam sus. Tamam hadi, siktir git."

Bazen tonlarca anlam yüklediği, ne olursa olsun yanında bulacağına dair içinde ufacık şüphe bile beslemediği insanları yanında bulamıyor insan. Anlam veremiyor, neden bulamıyor ama işte o buz gibi yokluğu o dostların, sen kendinle bir başına kalmışken daha fazla üşütüyor. Kendin kalıyorsun kendine, sadece kendin kalıp kendine yetmeye çalışıyorsun. Bir sebebi vardır, yapmışımdır bir eşeklik, kabahat bendedir diye düşünüyorsun. Kabahati kendinde aramak doğal bir rahatlatıcıdır. İçindeki bitmez tükenmez münakaşadan başka türlü sıyrılamazsın. Kabahati kendinde arar ve hatta bulmayı da başarırsan, dünyanın en rahat insanı sayılırsın ama unutmazsın.

Yine de derinlerde bir yerde sana yapılanı da yapılmayanı da saklar, unutamazsın.

Görmezden gelmek yok etmek demek değildir.

"Bizler" dersin bu dünyanın bütün yanılmışları ve bütün kaybetmişleriyle bir olup, "bir adıma onlarca adım gitmiş olan bizler, artık selamı sabahı bile esirger olmuşsak birilerinden, yine kabahatin çoğunu üzerimize almışız demektir." Artık görmezden bile gelemediğin noktadır bu.

Telefon konuşmamızın yaklaşık bir saat sonrasında Uğur tepemde dikiliyordu. Ben ona küfür ettikten beş dakika sonra beni geri aramış ve Nevizade'de bir barın üst katına tünemiş bira içer ve insanları izler bir halde bulmuştu beni. Barda duran uzun saçlı ve dövmeli çocuk valizlerimi emanet edebileceğimi söylediğinde mutlu olmuştum tabi, kaç yılın yükünü taşıyordu o valizler. Geride bıraktığım kaç anı doluşmuştu içlerine. Onlarla yürürken taşıdığım asla kendi fiziksel ağırlıkları değildi...

Valizleri bir süreliğine de olsa başka bir yere bırakmış olmak, onlarla caddeler boyu sürüklenmek zorunda olmamak bir nebze de olsa rahatlatmıştı içimi. Ama Uğur'u karşımda görmek daha başka bir mutluluktu. Tanıdık bir yüz. Tanıdık, sevecen bir yüz, seni bütün yüklerden kurtaracak en korunaklı, en güvenilir sığınaktır. Benim sığınağım Uğur'du şimdi, yanımda sadece o vardı. Sesime sadece o karşılık vermişti.

Uğur, üniversite'den sonra çalışmayı reddetmiş, prensip sahibi arkadaşım benim. İş bulamadığını asla kabul etmiyor çünkü kendisi iş bulmak için çabalamıyor. İstese bulur ama keşfedilmesi gereken bir değer olduğunu düşünüyor, onu bulsunlar. Bunda tek varis olarak ailesinden kalan iki dairenin payı da yok değil tabi. Uğur bu iki daireden aldığı kira gelirleri ve mahalledeki esnaf ve komşulara verdiği bilişim desteğiyle sürdürüyor yaşamını. Zaten anneannesiyle birlikte yaşadığı için elektrik, su, kira, yemek ve benzeri dertleri de olmuyor. Müthiş bir bilişim zekasına sahip, dilediğini söyle anında yapsın. Ama yapılacak şeyi muhakkak sen söyleyeceksin, çünkü kendisi yaratıcı fikir özürlü. Bu zekaya rağmen mahalleye sunduğu hizmet de format atmanın ya da oyun yüklemenin ötesine geçemiyor.

"Oğlum aslında bir site kursak, insanlar fotoğraf, video falan yükleseler, birbirlerini dürtseler, yedikleri içtikleri ne varsa paylaşsalar, mesajla birbirlerine yürüseler falan. Adını da Facebook koyarız, on numara olur aslında" desen mesela, Facebook'u ilk düşünen ama hayata geçirecek teknik bilgisi olmayan o kişi sen olsan, Facebook'u teknik olarak hayata geçirecek kişi de Uğurdur, Uğur'un olayı özetle budur.

Benim için Uğur'u daha özel kılan sebep ise tam da şu anda, şu boktan zamanımda yanımda bulduğum tek kişi olmasıdır, her zaman olduğu gibi. Uğur gelir. Ne olursa olsun gelir. Çünkü Uğur acıyı çok iyi tanır, ne kadar uzakta da olsa hisseder. 18 yaşında, üniversiteyi kazandığı sene, depremde annesini, babasını ve kız kardeşini kaybeden Uğur. Ertesi yıl çocukluk aşkı, asla açılamadığı, uzaktan uzaktan sevdiği Selda'nın tecavüze uğradığı ve bu yüzden artık taşıyamayacağı bedenini hemen aynı gün bir inşaatın tepesinden aşağı bıraktığı haberini alan Uğur. Acıların çarkından geçen işte o Uğur, ne zaman beklesen gelir.

"Oğlum bu hayat ben uyuşturucuya başlayayım, köprü altlarında, izbe yerlerde ömrümü tüketeyim ya da Selda gibi kendimi bir binanın tepesinden aşağı bırakayım diye çok ısrar ediyor lan" demişti bir keresinde. Başını yere eğerken iki yana salladı, sesli bir nefes verdi burnundan. "Olsun" dedi sadece, "olsun bakalım."

Sonra iki tane çay aldı geldi kantinden. Yurdun önündeki çimlere bağdaş kurup oturduk. Uzunca bir sessizlik oldu. Etraf gürültüden yıkılıyordu, ben Uğur'un sessizliğini duyuyordum sadece. Başı önde, birkaç kelime geveledi ağzında, kendi kendine konuşuyordu.

"Cenazesine gitmek lazım, yarın öğlen. Gitmek lazım."

"Gidelim" dedim, gece AŞTİ'den bineriz, sabah İzmit'teyiz.

"Gider miyiz?

"Gideriz."

"Gidelim Onur. Sağol."

Çok fazla konuşmazdı Uğur. Çok fazla susardı ve ona dair birçok şeyi kendim keşfetmek zorunda kalırdım. Bu hoşuma giderdi çünkü birine gerçekten kafa yoruyordum ve bu da o kişiye gerçekten değer verdiğim anlamına geliyordu. Birine gerçekten değer verebildiğini hissettiğinde sanırım kendin için umutların henüz tükenmediğini düşünüyorsun. Bu da önemli bir şey.

Ortalık birbirine değer veren insanlarla dolu değil. Hiçbir zaman da olmadı.

"Bitti mi?"

"Bitti."

"İhanet mi?"

"Nereden anladın?"

"Başka türlü dönmezdin ki oğlum. Çiğdem'den beklemezdim. Olsun."

Olsun. Uğur sadece bu kelimeyle yaşayabilir, bütün bir ömrü bu kelimeyle geçirebilir. Ya da şöyle söyleyeyim. Bir gün bu adamın dili tutulacak olsa, bu kelime kesinlikle tutulmaz. "Olsun, olsun, olsun" diye dolanır ortalıkta meczup gibi.

Aslında düşününce ne kadar güçlü bir kelime. Aslında, düşününce ne kadar güçlüdür her kelime.

Olsun.

Uğur için, olsun diye bir sığınak var bu hayatta, eksik, yarım ve kırık tebessümlerle dolu bir sığınak bu. Eksildiğinde, yarım kaldığında, hayalleri kırıldığında bile hep aynı tepkiyi verir Uğur. "Olsun." Sanırım başka türlü katlanamayacağını çok iyi bilir. "Olmasın ulan, olmamalı, bu kadar olamaz" noktasına gelirse çöker Uğur. Kendi akıntısına kapılır, boğulur, kendini yitirir. Kendini bildiğinden başını öne eğer, bir nefes verir ve "olsun" der, "olsun".

"Olmasaydı be Uğur."

"Olmuş işte oğlum."

"Hangi mevkide oynatıyorlar lan seni halı sahada?"

"Ön libero."

"İyi bok yiyorlar. Erdinçlerin mekan duruyor mu?

"Devrettiler, ama mekan aynı mekan. Duruyor öyle."

"Yürü, gidiyoruz."

Galatasaray Lisesi'nin yanından kıvrılıp birbirini umursamayan bir yığın insanın arasında elli metre kadar yürüdükten sonra eskiden beri takıldığımız, bir zamanlar arkadaşımızın işlettiği o boktan bara girdik. Valizlerimi Nevizade'de bırakmıştım. Ellerim cebimde yürümek, bir süre yüksüz olmak istiyordum. Uzun saçlı, dövmeli çocuk "rahat ol abi, anlıyorum" gibisinden bir yüz ifadesiyle valizlerin dilediğim kadar orada kalabileceğini söylemişti.

Bu bar ne tanıdıkmış meğer. Başkalarının dikkatini çekmeyecek ne çok detay battı gözüme girer girmez. Duvar kağıtları daha da sararmış, girişte kenarda duran üçlü kadife koltuğun ortası artık yere değecek kadar çökmüş, Bob Marley posterinin sağ alt köşesi yukarı kıvrılmış ama slogan aynı, "ağlamak yok bebeğim." Koltuğun ve posterin tam karşısında duran kütüphanedeki kitapların tozu burnuma hücum ediyor. Zaten bir işe yaradıkları yoktu. Standart bir Türk evindeki işlevi neyse, burada da işlevi aynıydı kitapların. Gelen giden kim varsa en iyi ihtimalle önünde iki üç dakika dikilir, bir iki kitabı karıştırıp poz verir, sonra yerine bırakıp asıl amaç neyse ona yönelirdi. Bu asıl amaç da zaten ya içmekti, ya da "hatun götürmek." Yerleşik ifadenin pespayeliğine bakar mısın? Ama yok. Bu yerleşik, bu erkekten yana, bu sığ, bu rezil. Neyse tutacağım kendimi. Ama yok! Ulan kelimeleri bile eşeleyip, tartıp, sorgulayıp, dilimizden çıkandan belimizde durana kadar hakim olmaya çalışan bizler, sonunda hep kaybeden taraf oluyoruz. Neden? Kime kaybediyoruz? "Hatun götürmek" için oradan oraya zıplayan, yaşadığı şu hayata, karşısındaki insana, kullandığı dile, hiçbir şeye kafa yormayan, götü başı ayrı oynayan zır cahil bir erkek sürüsüne!

"Yeter ulan! Bu oyuna bir son vermenin zamanı geldi de geçiyor Uğur, anlamıyorsunuz!"

Bar taburelerine yerleşmiş birer bira söylemiştik. Televizyonda futbol maçı vardı, İngilizler gibi takılıyorduk.

"Herif yakışıklıydı değil mi?"

"O nereden çıktı şimdi?"

"Abi deminden beri mır mır mır saydırıyorsun yok biz işte düşünceliyiz bu yüzden kaybediyoruz falan. Demek ki herif yakışıklı, ne dolandırıyorsun ki lafı".

"Yok oğlum, bilmiyorum. Peşine düşmedim. Yani dellenirim, elimden bir kaza çıkar diye korktum. Oracıkta boğardım belki, ya da okyanusa falan atlar kendimi boğardım, ada ülkesi sonuçta. Her şey olabilirdi yani. Okyanus biraz uzaktaydı gerçi. Olsun. Bir şekilde kendimi boğardım. Boğulmak için su şart değil. Her gün bir şekilde boğuluyoruz. Bir şekil daha bulurduk bir şekilde...

Peşine düşmedim Uğur. Bir ara dedim ulan gideyim bulayım ben şu herifi. Hayır diyeyim senin derdin ne ha dostum, senin lanet olası bu derdin nedir, söyle bana? Sonuçta İngilizce konuşuyoruz, ama o lanet olası kısmı cnbc-e çevirisi, aslı öyle değildir onun. Neden Çiğdem yani? I mean, Başka bir kadın yok muydu aklı çelinecek? Bak yakışıklı da bir piçsin, sana kız mı yoktu ha dostum? Neden gelip benim hayatımı orta yerinden böldün ulan piç kurusu. Bana bunu neden yaptın oğlum, bana bunu neden yaptınız ulan Allah'ın çillisi seni? Yani büyük bir ihtimal çilli olabilir. Çilli, zayıf bir oğlandır muhtemelen. Neyse, işte bu gibi şeyler söyleyip, tirat da artık zirve yapınca elimde son birkaç yudumu kalmış bizim güzel marmara şişesini kafasına güzelce yerleştirip... Yani bu tip düşünceler de geldi aklıma yalan değil. Güzel Marmara'yı karıştırma şimdi, Efes varsa onu da bulurdum bir şekilde, o da vardır yani, kesin gelmiştir bence. İrlandalılar pis içer, keşfetmişlerdir Güzel Marmara'yı."

"Herif yakışıklıymış demek ki. Olsun."

"Ya da işte belki bununla yüzleşmekten korkuyorsun Uğurum. Sana tercih edilenin senden her anlamda daha iyi olması ihtimali. Baktığın zaman bu bir travmadır aslında, gerçi bakmadığın zaman da travmadır, kolay atlatamazsın. Ben de belki bu yüzden yüzleşmek istemedim, herifi görmek istemedim. Kafama takardım çünkü biliyorum. Benden daha kötü olmasını isterdim en basitinden. Dürüstçe. Her anlamda benden daha kötü bir adam olsun. Benim kadar yakışıklı olmasın mesela, karizmatik olmasın. Kısa boylu, kel falan olsun. İyi içemesin, ne bileyim, iki kadehte dağıtsın kendini, arkadaş ortamlarında falan sarhoş olup altına işesin örneğin, Çiğdem yerin dibine geçsin. Çiğdem her Allah'ın günü pişmanlıktan delirsin, ayrılmak istesin heriften sonra yiğitliğe bok süremeyip katlanmak zorunda kalsın bu herife. Kötü olsun işte adam. Benden daha kötü bir insan olsun mesela. Kendinden başka kimseyi düşünmesin, kendi için yaşasın bu herif. Ne Çiğdem'i ne de bir başkasını zerre önemsesin. "Sen de ister misin?" gibi bir soru sormasın mesela Çiğdem'e hiç. Markete girdiklerinde kendine bir şişe beyaz şarap alıp çıksın. Kırmızı sever Çiğdem, o bakımdan diyorum. Bu gibi detaylarla bile kötülüğü dibine kadar yaşatsın Çiğdem'e, ölsün ya Çiğdem, pişmanlıktan ölsün, yine bana dönemesin. Çünkü ben ondan gidemeyecek kadar sevmiştim ulan, beni buraya getirmeyi nasıl başardı o?"

Dedikten sonra kısa süreli bir ağlama krizine kapıldığım doğrudur.

"Çiğdem'i izledim birkaç kez. Ne güzel yürüyordu, saçları ne mutlu salınıyordu ardında. İzlediğimi biliyordu sanki, her zamankinden daha da mutlu yürüyordu bu yüzden. Yok, onu kimse benden daha mutlu edemez, mutlu olduğu için yürümüyordur öyle, kesin biliyordu izlediğimi, kasıtlı yani, beni iyice delirtmek için. Her defasında aynı eve girdi. Uzun süre bekleyemedim işte evin önünde, birlikte çıkarlar da o herifi görürüm diye Çiğdem içeri girdikten sonra ayrıldım hep. Dedim ya, korktum. Birçok şeyden, hepsinden önce kendimden korktum. Mücadele etmekten de sıkıldım artık Uğur. Her defasında mücadele edip kaybetmekten sıkıldım. En başından kabul ettim bu sefer, hiç uğraştırmayın beni dedim, alın meydan size kalsın dedim, tepinin üstünde bu meydanın, dilediğinizi yapın, amaaaaan, ne haliniz varsa görün dedim, geldim. Hikâyenin sonu."

"Zamansız, amansız ve çoğu manasız ayrılıklardan geçtim. Gitmem diyenlere inanmamı beklemeyin." diye mırıldanıyorum kendi kendime.

"Çünkü gideceklerine inanmıyorsun. İnandırmıyorlar." diyor Uğur.

"Aynen öyle. Şiir gibi konuştun kardeşim."

Uğur gülüyor. Birasını yudumlayıp yine sessizliğe gömülüyor.

"Sanıyorsun ki" diyorum, "bütün dünya el çekse senden, o çekmez. Bütün dünya sırt çevirse, o çevirmez. En ufak ihtimal bile vermiyorsun, öylesi bir inanmak bu. Bütün ruhunla, kalbinle, tepeden tırnağa, iliklerine kadar bir inanmak. Sonra en beklemediğin anda gidiyorlar, en savunmasız anında. Bir ele, onun eline en çok ihtiyaç duyduğun anda, bir bakıyorsun, yüreğinin ortasında ayak izlerini bırakıp bir daha dönmemek üzere gitmişler. Ezberliyorsun bu duyguyu. Bu ortada bırakılmışlık, bu aldanışlar, hayal kırıklıkları. Bunlar sana yabancı değil. Yine de her seferinde ilk sefermiş gibi yanıyor canın. Daha kaç kere yaşayacaksın bu duyguyu, kaç kere daha katlanmak zorunda kalacaksın, bilmiyorsun. 'Geçer' diyorlar hep bir ağızdan. 'Geçer' diyorsun, 'deşer de geçer.'"

Boş bira bardağını yerinden kaldırıp hafifçe ses çıkaracak şekilde tezgahın üzerine koydum tekrar. Anlayışlı barmen tazeledi içkimi. Uğur maça bakıyordu. İç cebimden defterimi çıkarıp bir şeyler karalamaya başladım.

O şehirden öyle kolay ayrılmadım, hiçbir şehirden kolay ayrılamadım. Ateş köze dönerken aniden bir yağmur bastırır ya hani? İşte o közün üzerine düşen ilk yağmur damlasını bilir misin ? O yağmur damlası olabilir misin, onun acısını hissedebilir misin sen? Kendi halinde yaşayıp giderken sıyrılıp bir buluttan, düşebilecek kilometrelerce yer varken o közün üstüne düşmek nasıl bir şeydir... Gidilecek onca yer, çalınacak onca kapı varken senin kapını çalmak, içeri buyur edilmek ve sonra kapı dışarı edilmek ne demektir bilir misin? Bu şehrin dışına doğru attığım her adımı bir yağmur damlası gibi düşün şimdi. Her adım o korun üzerine daha sönmeden damlayan ilk damla, şıp şıp diye değil, bodoslama damlayan, ne olduğunu anlamadan yok olup tekrar havaya karışan damlalardan bahsediyorum. Oysa yeri tanımak için bırakmışlardı kendilerini gökten. Ulan kovulmuşlardı belki de geldikleri yerden. Belki ben de kovulmuştum senden önce her şeyden, yanmadan, buharlaşmadan önce sana sığınmıştım.

Tükendi diyorum, sana adımlarım tükendi benim, sana attığım adımlarım, anılarım, düşlerim, en güzel hatıralarım, buharlaştı, yok oldu. Yok olacak.

Şimdi senden gittiğim bu kilometreler kadar daha sana gelebilirdim oysa ben. Gözlerimin içine bakarak, bana söyleyeceğin lanet olası bir tek kelime için, bu kilometreleri ayağımın altında çiğner, sana gelirdim.

Yüreğimin kenarında bir yerde alışılmadık şeyler tasarlıyor zihnim şimdi, tuhaf haller bunlar. Her an, her saniye bıçak çekiyorum ihanetine, sustalı bıçak, hayra alamet değil. Arka cebimden nasıl bir çeviklikle çıkarıp açıyorum da sustasını, saniyesinde alnına çakıyorum, hiçbir fikrim yok. Dilediğim türden pisliklerin içine de batabilirim, bu da bir tercih. Her şey bir tasarım, her tarafta düzenekler var.

Ama ben neden sana hapsoluyorum zihnimde uçuşan tüm imgelerde? Bu talan ortamı, geçici hevesler sarmalı, bu kıyım merakı bilinçaltımın, olur olmaz telaşa kapılan mahalle teyzeleri gibi ne ara yapıştı yakama, nereden peydah oldu bütün bunlar benim başıma?

Defteri kapatıp cebime koyduktan sonra yazdıklarımdan olacak "Neyse ki Uğur var" diye geçiriyorum içimden. Sadece Uğur var. Sığınırım, omuzlarına başımı yaslar ağlar, zehrimden arınırım dediğim, bel bağladığım bütün karakter yoksunu dostlarım buharlaşıp yok olmuşlar. Vaporisation. George Orwell'dan araklamışlar. Güzel metafor. Zeki piçler. Zekâsı kendinden menkul zibidiler. Ben o haberi kaçırmışım demek ki, buharlaştıklarından bihaber olduğum için bıraktığım gibi bulurum sanmışım. Mekanları cennet olsun, adettendir, mamafih ben mezarlarına uğramam.

Zira mezarları içimde kendilerinin, içimin her yerine uğramam.

* * *

Barda birkaç saat daha boş boş bakıp, boş boş konuştuktan sonra kalktık. Uğur onda kalmam için ısrar etti, anneannesi Ankara'ya oğlunu görmeye gitmiş. Açıkçası ben de annemi görmeye hazır değildim henüz. Döndüğümden haberi yoktu. Açıklama yapacak, olumlu ya da olumsuz vereceği tepkilerin yaratacağı o duygu dolu atmosferi soluyacak halim yoktu. Valizler de tamamdı, yarın bir şekilde alırdım nasılsa.

"Tamam, içecek bir şeyler de alalım, evde takılırız."

"Mahallede ayarlarız."

"Islak hamburger çekti canım. Çiğdem de severdi. Yemesem mi?"

"Yemezsen unutacak mısın Çiğdem'i?"

"Unutmak zorundayım Uğur. Bu şekilde yaşayamam."

"Tamam o halde, yiyerek unut. Madem unutacaksın, yaşayarak unut, kendini hayata kapatarak değil. Onun bıraktığı izlerden kaçarak yeni bir hayat kuramazsın kendine. Başkasından kalan izlere basmadan yaşamaya çalışmak korkaklıktır. Buna yaşamak denmez."

Uğur hayata dair konularda çok konuşmazdı, beylik laflar etmeyi de, edenleri de sevmezdi ama konuştuğu zamanlarda da yerinde ve nokta atışı tespitler yapardı. Haklıydı. O derin izlerle yüzleşmeden insan nasıl kapatabilir o izleri?

Dik bir yamaçtan aşağı çılgınca yuvarlanan irili ufaklı kayalar gibi gürültülü ve umursamaz bir halde yanımdan akıp giden zaman belki durulur, yanımda soluklanırdı bir gün. Bir gün benden yana da olurdu zaman, anıları siler, izleri kapatırdık beraber. Ama o zamana kadar da bu izlerle yaşamayı, unutup sileceksem de, yaşayarak unutmayı ve silmeyi öğrenmeliydim. Uğur haklıydı. Başkasının sende bıraktığı izlerden kaçmak bir iz bırakamamak demekti. Bir iz bırakamıyorsan da zaten yaşamıyorsun demektir.

Taksim her zamanki gibi ana baba günüydü. Yanındakine hararetle bir şeyler anlatan, bir mağazanın önünde elindeki telefona bir şeyler yazan, sırtı ve tek ayağının tabanı duvara dayalı birini bekleyen, selfi çeken, bir gece kulübünün önünde siyah takım elbisesiyle etrafı süzüp, her an bir vukuat çıkacakmış tedirginliğini yaşayan ve yaşatan, incecik bacakları, arkasından yara bandı fırlamış yüksek topukluları ve çakırkeyif haliyle kendini bir taksiye atmaya çabalayan ve her adımda tökezleyen, elinde şarap şişesi, sararmış beyaz sakallarıyla kalabalığın kenarından usulca yürüyen, cübbesi, sarığı ve simsiyah sakalıyla ayyaşların yanından hışımla geçen, mendil satan, çiçek satan, yurdundan uzakta olan, kendi yurdunda sürgün gibi hissеden. Hepsi orada. Hatta daha fazlası.

Ana baba günü dendiğinde, aklında rengârenk bir çağrışım yapan bu imge, İstanbul söz konusu olduğunda en genel haliyle; yorgun, hayatından bezmiş, mutluluk nedir unutmuş yapayalnız bir kalabalıktan ibaret aslında, başka hiçbir şey değil.

İstiklal çıkışındaki büfelerin birinden ıslak hamburgerlerimizi alıp, çoğu insanın yaptığı gibi, büfelerin önündeki boş alanda yemeye koyulduk. Asla bir taneyle yetinilmediği için orada yeniyordu belki de ya da sırf bir yerde dikilmiş olmak için, yürürken yemek yenmeyeceği için. Yürürken yemek yiyenler de vardır gerçi. Neyse işte, biz üzerine çok da düşünmediğimiz bir sebepten orada dikilmiş ıslak hamburgerlerimizi yiyorduk. Öylesine kalabalığa takılmıştı gözlerim. Karşımızda bir çift vardı. Adam kıza bir şeyler anlatıyordu, kafası ve elleri sürekli hareket halindeydi. Kız çok güzeldi. Mor fuları vardı, siyah kot pantolonu ve beyaz gömleği vardı. Kıyafetleri dardı, vücut hatları belirgindi. Beyaz tenliydi. Saçları dümdüz ve beline kadardı. Ayak bilekleri incecik, burnu küçük, gözleri uzaklara dalmış gibiydi. Kaba bir adamı dinliyordu. Kaba saba, söyledikleri bu dünya için ya da o kız için en ufak bir güzelliğe sebep olamayacak, incelik yoksunu bir adamı dinliyordu. Ya da dinliyor görünüyordu. Adam da bunun farkındaydı büyük ihtimalle, kızın onu duymadığının, görmediğinin farkındaydı. Öfke doluydu bu yüzden. Bir elinde ıslak hamburger vardı. Duyulmamanın, görülmemenin, hatta sevilmemenin insanın içinde açtığı o karanlık oyuk ve insanın o oyukta gizlediği, orada biriktirdiği nefreti çok iyi tanıyorum. Her an her şeye, herkese yönelebilecek, olanca şiddeti, olanca yıkıcılığı ve yalnızlıktan morarmış gözleriyle bir anda herhangi bir şeyin ya da birinin üzerine çöreklenebilecek devasa bir nefret. Sararmış dişlerinin arasından akan salyalarıyla bir anda zincirlerinden salıverilmiş kuduz bir köpek gibi. Sırf bu yüzden, hiç görülmedi, hiç duyulmadı ve hiç sevilmedi diye böylesi bir nefreti besleyip büyütebilir insan içinde. Ortaya çıkaracağı ana kadar fark etmezsin, o çok sevgili nefret o zifiri karanlık oyukta ustalıkla gizlenir çünkü.

Esmer tenli, yırtıklar içindeki kıyafetiyle bir çocuk adamın yanında dikilmeye başladı sonra. Adam hala anlatıyordu. Çocuk, adam onu görsün istiyordu. Kız adamı duymuyordu. Çocuk eliyle hamburgeri işaret edip duruyordu. Kafasını yana yatırmış, çaresizlik ifadesi takınmış yüzüyle anlaşılmayan bir dilde bir şeyler söylüyordu. Kız gözlerini kapatıp başını iki yana salladı ve gözlerini kaçırdı adamdan, yere bakmaya başladı. Çocuk görülmemekten, duyulmamaktan sıkıldı, adam da aynı durumdaydı. Adamın ceketinin ucunu tuttu çocuk, sadece tuttu. Elindeki yarım hamburgeri çocuğun yüzüne tokatla karışık vurdu adam, sonra da o çelimsiz bedene tekme atıp yere serdi. Sonra küfürler savurup, yerde tekmelemeye devam etti. İnsanlar şaşkınlık içinde olan biteni izliyorlardı. Ben öncesinde yeterince izlediğim için, diğerlerinin aksine uçmayı tercih ettim. Benzetme değil, bas baya uçtum adamın üzerine.

Adamın nefreti kendi oyuğundan çıkıp çocuğa saldırmıştı. Görülmemenin, duyulmamanın acısını o çocuktan çıkarmıştı. Ben de farklı değildim. Benim nefretim de kendine bu adamı seçmişti işte, tam ağzına layıktı. Boynundan tutup yere yatırdım. Üzerine çıkıp, arkamdaki büfenin çalışanları beni tutup içeri sokana kadar yüzüne kaç kez vurduğumu hatırlamıyorum. Hızımı alamadım. Islak hamburgerlerin olduğu cam tezgahın içine elimi sokup aldığım hamburgerleri adama doğru fırlattım. Sinirden elim ayağım titriyordu. İtiraf etmeliyim, bunun tek nedeni o adam değildi ama yine de o dayağı hak etmişti. Büfeye giren Uğur'u görünce kendime gelir gibi oldum.

"Eline sağlık birader."

"Eyvallah birader."

"Polisler gelir şimdi."

"Gelsinler."

Kendime gelir gibi olduğum esnada aklıma ilk gelen şey o çocuk oldu. Sanırım kaçıp uzaklaşmıştı. Zamanı gelince onun nefreti kim bilir kime ya da neye yönelecekti. Şiddetin dozu ve sonuçları ne olacaktı? Nasıl bir iz bırakacaktı geriye? O çocuktan bir iz kalacak mıydı? O karaktersiz adam ve ben. Biz sıramızı savmıştık, artık sıra o çocuktaydı.

Merak ediyordum.

Bu iğrenç dünya, o küçük çocuk, o görülmeyen, duyulmayan, sevilmeyen, yersiz, yurtsuz, sahipsiz ve derin sularda boğulan ve vicdanımızın kıyılarına vuran, bir iki damla gözyaşının ardından unutulan, yine, yeniden unutulmaya mahkum o çocuk, içinde beslediği nefreti bir gün o karanlık oyuktan çıkarıp dışarı saldığında, ayakta kalabilecek miydi?

"Oysa ne sarsıcı bir aldanıştır gitmek"

Gözlerimi nezarethanenin gri, pütürlü, boyası dökülmüş, yer yer kabarmış duvarına dikmiş rutubet solurken, beynimden Ankara'daki üniversite yıllarımdan kalma bir bahar şenliği gecesinin detayları geçiyor. O anı hatırladığım anda burnuma ılık bir rüzgarla dokunan toprak kokusu ve Çiğdem'le çimlerde bağdaş kurmuş yan yana otururken dizimde hissettiğim diziyle içimi kaplayan huzur. Bu huzur genç polis memurunun getirdiği bir bardak çayla bölünse de, yok olmuyor. Bir bardak çay güzel olan hiçbir şeyi yok edemez çünkü.

"Buyur hocam" diyor polis, "bacak kadar çocuğu mu dövüyordu o şerefsiz?"

"Evet."

"Ellerin dert görmesin. Şimdi benim bunu söylemem doğru değil tabi ama Allah'ın bildiğini de kuldan saklayacak değiliz hocam. Aç, perişan, yersiz, yurtsuz sabiye mi yetmiş gücü adi şerefsizin? Ellerine sağlık, az bile yapmışsın."

"Eyvallah, eksik olma ama yine de şiddet çözüm değil. Bir an tutamadım kendimi" dedim çayı parmaklıkların arasından alırken. Genç polisin telefonundan whatsapp bildirim sesi geldi peş peşe, arka cebinden çıkarıp ekrana baktığında yüzüne genişçe bir tebessüm yayıldı.

"Eşim. Ankara'da. Memleket. Oğlumuz var 3 aylık, onun fotoğraflarını yollayıp duruyor. Yakında döneceğim ben de yanlarına. Şu zorunlu hizmet bir bitseydi."

"Biter" dedim, "bitmeyen ne var?"

"Haklısın" dedi gözleri telefonun ekranına kilitlenmiş, yüzüne artık iyice yerleşmiş gülüşle, "haklısın". Bana pek aldırış eder gibi bir hali yoktu. Kim bilir hangi düşlerin, hangi özlemlerin içinde kaybolmuştu o an? Yüreğinden ve gözlerinden geçenler bu dört duvar arasına sığar mıydı?

Şunu sordum kendime: Sayabiliyor olsaydık, yaşadığımız şu ana kadar kaç özlem çıkardı içimizden? Yani bir insan hayatı boyunca kaç şeyi özler? Bunların kaç tanesine kavuşur, kaç tanesine kavuşamaz? Ve en önemlisi, insanı insan yapan sonunda kavuştuğu özlemleri midir yoksa kavuşamadıkları mı?

"Şuna bak hocam, nasıl da gülüyor?"

Üç aylık bir çocuğun gülmesine yüklenen anlamdan daha güçlü ne olabilir bunu soruyorum kendime çayımdan bir yudum alırken. Bir nezarethane soğukluğunda karşılaştığım çay ve insan sıcaklığıyla keyfim yerine geliyor. Bir an için yaşadıklarımdan uzaklaşıyorum. Öfkelerim, hezeyanlarım bir süreliğine de olsa beni yalnız bırakıyor. Geçmişle ya da gelecekle ilgili bir düşünce ya da münakaşa içerisinde değilim.

"Beğendin mi çayı hocam? Kendim demledim ama cam bardak yok maalesef, plastik bardak alıyoruz arkadaşlarla.

O da saçma ama, nedense öyle başladık öyle gidiyoruz."

"Eline sağlık, tavşan kanı olmuş" dedim. Tavrı ve ikram ettiği çayın o an bende uyandırdıklarını bilebilseydi keşke. Hatta bütün dünya bilebilseydi bunu. Bir gülüşün, bir bardak çayın neleri değiştirebileceğini tüm insanlık bir göz açıp kapama süresinde de olsa görebilse, hissedebilseydi keşke.

"Bizim komiser terstir ama yine de iyi adamdır, babacandır. Bana kalsa gözaltına alınan herkesi ellerimle beslermişim, öyle takılır bana. Dünya hali hocam, ne oldum demeyeceksin. Bir gün ben de düşerim oraya, demli bir çay olsaydı şimdi derim, bir fırt da olsa sigara olsaydı yanında" dedikten sonra cebinden çıkardığı sigarasını kibritle yakıp derin bir nefes aldı.

"Bu meret de olmasa... İçiyor musun hocam?" diye sordu sigarayı bana uzatıp. Sigarayı alıp derin bir fırt çektim ben de, teşekkür edip geri uzattım sigarasını.

"Burada yasak, çayın yanında bir iki fırt çekip söndürüyorum hemen. Nezarethane doluyken böyle, yapacak bir şey yok. Sen iyi bir adamsın hocam, öyle hissettim ben. Bir bitseydi şu hizmet, bitmedi gitti. İstanbul zor şehir. Hayat zor, insanlar zor, görev zor. Yaşamak istemediğin, görmek istemediğin şeyler gelip parmağıyla seni işaret ediyor, milyonlarca insan arasında gelip seni buluyor. Kulağımda bir ses sert olacaksın diyor sürekli, yoksa ezilirsin. Neden sana anlatıyorum bilmiyorum. Haksız bir duruma katlanamamış birisin sen, beni de başına dikmişler işte. Neden burada olan sensin ve ben neden senin karşındayım şimdi senin yaptığına karşı değilken. Hayat böyle belki de, kaçılmıyor bundan. Deniz kokusundan yoksun havayı solurken bahçesini eşeleyeceğimiz o ev çok uzakta. Kendimize istediğimiz hayatlar çok uzakta. Sosyoloji okudum hocam ben, kafamda çok başka şeyler vardı ama neredeyim görüyorsun. Soru sormayı bırakmak lazım belki de dedim kendime. Soru sormazsam cevaplar daha istekli olur belki bana gelmeye. O gün bugündür cevapların gelmesini bekliyorum, istediğim hayata yaklaşmayı bekliyorum. Hep bekliyorum. Bu bekleyişlerin sonunun gelmeyeceğini de biliyorum."

Genç polis memuru hayata dair yaptığı bu kısa konuşmada beni allak bullak etmişti, beklediğim bir şey değildi. İçinde sakladığı derinliği paylaşmıştı benimle, belki de bu hayatın sığlığına katlanabilmek için gizlediği derinlik, sadece kendi kendine baş etmek, zapt etmek zorunda olduğu bu derinlikle yaşamak zorundaydı. O derinliğin üzerini sığ bir hayattan yapılma bir örtüyle örtmeliydi. Zorunlu hizmeti bitirip, baba ocağına, eşine ve oğluna geri dönmek, izinli olduğu günlerde bahçeyle uğraşmak, arkadaşlarıyla kahveye gitmek ve unutmak. Hayattan karşılık bulamamış beklentilerini unutmak, belleğinden silmek için yaşamak. Artık sadece oğlu için yaşamak. Bir hayatı yaşamak için yeterince makul bir sebep.

"Bitirdiysen bardağını alayım hocam. Tazelemek isterim de işte bizim komiser laf ediyor sonra, bu da sigara gibi, kaşla göz arasında olursa daha iyi. İyi adamdır aslında. Fırsatı yakalayınca getiririm bir bardak daha, ondan da geri durmam hani. Sıcak bir çayla hatırlarsın beni. Hatta içtiğin her bardak çayda bir saniyeliğine de olsa aklına gelirim belki, kim bilir?" dedi gülerek ve bardağı masanın üzerine bırakıp, elinde telefon, siyah derisi çatlamış döner koltuğa gömüldü. Muhtemelen oğlunun fotoğraflarına bakıyordu. Yüzündeki gülüş giderek daha da yayılıyordu yüzüne.

Uzandım. Ellerimi göğsümde birleştirip gözlerimi tavana diktim yine, düşünmeye başladım. Çiğdem şu an ne yapıyordu, mutlu muydu, onu düşündüm. Artık uzağına düştüğüm bir mutluluğun özlemi damarlarıma sızmış, bütün vücudumda dolaşım halindeydi. Mutsuzdum. O kadar mutsuzdum ki, ihaneti bile bağışlayıp, her şeyi unutup, o tanıdık mutluluğuma, kendimi aldatma pahasına da olsa dönmeye hazırdım. Çağırsa yeterdi. "Affet beni. Bir anlık gaflet işte. Sensiz olamam ki ben, kimseyi koyamam ki senin yerine. Affet lütfen, kaldığımız yerden devam edelim" dese dönerdim. Öyle hissettim.

Genç polis memuru bir sigara daha yaktı, aldığı nefes duvarda yankılandı.

Dönmemeliydim. Hak etmemiştim. Dönemezdim. Mutsuzsa bile, ki mutsuzdu eminim, kendi cehennemine terk etmeliydim Çiğdem'i. Mutsuzdu eminim. Birinin mutluluğunu acımasızca öldüren kimse mutlu olamaz çünkü. Birinin mutluluğunu öldüren kimse farkında olmadan kendi mutluluğunu da öldürür.

Duruşumdan tasalı bir hal sezmiş olacak, "sabaha karşı bırakırız seni hocam, savcı bırakın der, tutuksuz yargılanırsın, bir şey çıkmaz bu meseleden, tasalanma." dedi genç polis memuru.

"Yukarda kimse var mı, karakolun dışında falan, beni bekleyen?" diye sordum, Uğur'a takıldı kafam. Beni ekip arabasına bindirdiklerinde görmüştüm en son, arkamdan bakakalmıştı. O insan kalabalığı Uğur'un etrafında sağa sola akıp gidiyordu. Az önce yaşananların hiç biri olmamış gibi. Orada Uğur olmasa ve ben ekip otosunda arkamı dönüp o adama saldırdığım yere baksam aynı şimdi yaptığım gibi, orada hiçbir şey yaşanmadığını düşünürdüm. O olay hiç gerçekleşmemiş gibi. Tuhafıma gitti. Orada yaşananların tek kanıtı akıp giden kalabalığa karşı ayakta dikilen Uğur'du. Bir dostun sizin tarihinize tanıklık etmesi ne değerlidir. Dostluk, ağızlara pelesenk olmuş, artık öylesine kullanılır olmuş o kelime aslında ne değerlidir. Orada bir dostum olmasa akıp giden hayat yaşadıklarımı saniyesinde silecekti demek ki, ben bile göremeyecektim az önce yaşadıklarımı. Tuhafıma gitti. Bu şehir her gün saniyelik zaman dilimleri içerisinde kaç hikâyeyi, kaç insanı kalabalıklar içinde eritip yok ediyordu? Bir saniye içinde ne çok yaşanmışlığı silip süpürüyordu bu şehir ve onun azgın, zapt edilemez kalabalığı.

İyi ki vardı Uğur. Hiçbir şey yapmasa da, öylece dikilerek bile bana sessizce "ben buradayım" mesajı veren bir dostun varlığı, bugüne kadar hayatımda sadece sözleriyle var olmuş samimiyetsiz arkadaş kalabalığından bin kat daha değerliydi. Arkadaş. Arkanda durması gereken ama ihtiyaç duyduğunda herkesten önce yok olabilen bir insan türü. Dost öyle değil. Dost dediğin insanın kendi postunu en az bir kere senin önüne sermişliği vardır, bilirsin. Başka türlü ona dost demezsin.

"İçerde bekleyen kimse yoktu hocam, birazdan yukarı çıkacağım, bir göz gezdiririm dışarıya" dedi dost yürekli genç polis, teşekkür ettim.

Biraz uyuyabilseydim keşke, biraz unutabilseydim. Uyumak ve unutmak kelimelerinin yakınlığını sevmişimdir hep. Aralarındaki bir harflik uzaklık, ömürlük yakınlıklarının mührü gibidir aslında. Uykuda koyun koyuna olursun unutmayla, hatırlamanın yarattığı o kargaşadan uzak bir sığınaktır uyumak, huzurludur. Biraz huzur istiyorum, çok şey değil, biraz uyku, biraz unutmak, biraz hatırlamamak.

Başaramıyorum.

Aklıma hep ıskaladığım, ıskalamadığım zaman da illa direkte patlayan mutluluklar geliyor, tam merkezindeyken kıyısına itildiğim, en tepeden aşağı bırakıldığım, oyuna girer girmez kırmızı kartı yediğim mutluluklar. Hayatımdaki herkesle bir top sahasında bir araya gelmişiz de hayat "topumla oynayabilirsiniz ama Onur oynamayacak" diyormuş gibi. Hayatımdaki herkes benden çok bu hayatın onlara vadettikleriyle ilgileniyormuş gibi. Beni unutup o topun peşinde koşmaya başlamışlar gibi. Ben o ezikliğimle sahanın kenarında küçük bir taşın üstüne oturmuş, ellerimi çeneme koymuş onları izlerken, babamın elinde daha güzel bir topla çıkagelmesini bekliyormuşum gibi. Babamın hiç gelmemesi gibi. Gözümden düşmeye yer arayan yaşlara direnirken ve aynı anda öfkeyle bilenirken herkese, yine de insafa gelip beni çağırmalarını beklemek gibi. İçimi ölesiye kanırtan bu duygudan kurtulmak için bu duyguya sebep olanlardan medet ummak gibi. Beyhude. Saçma sapan. Ve ağzına kadar umutsuzlukla dolu konserve mutluluklar. Kapağını ne zaman açsam berbat kokular yayılıyor hayatıma, son kullanma tarihi geçmiş oluyor mutlulukların.

Biliyorum, bir zaman hatasıyım ben.

"Hocam bir çıkıp geliyorum ben, belki çayla dönerim. Seni bekleyen birileri var mı ona da bakayım. Gerçi bu saate kalmaz kimse ama."

Saatin kaç olduğu hakkında en ufak bir fikrim yoktu ancak sabaha bir şey kalmamış olmalıydı. Bu saate kimse kalmaz dedi genç polis, Uğur kalır, oralarda bir yerlerdedir o. Herkes gider ama Uğur kalır. Benim gibi. Ben de kalırım.

Biz kalırız. Ve biz kalanlarda kalanlar çok azdır. Biz kalanlarda ve çoğunlukla gidenlerin ardından bakakalanlardaki bir ortak özellik de çoğunlukla mutsuz olmalarıdır. Halbuki en kolay, en zahmetsiz mutlu olanlar olduğu yerde kalanlardan çıkabilecekken, mutluluğun en çok esirgendiği de yine onlardır. Bunun verdiği acı da haliyle daha fazladır. "Neden ulan, neden?" sorusunu da en çok onlar sorar. Küçücük şeylerle mutlu olabilecekken o küçücük şeyler kendisinden esirgenenler. Kimseden hiçbir şeyini esirgemeyenler. Onlar, o küçük özlemlerine kavuşabilseler. Ah, bir kavuşabilseler...

Yıllar önce bir Galatasaray maçı çıkışında, Mecidiyeköy'de her maç öncesi ve sonrasında mutlaka uğrayıp birkaç kadeh içtiğimiz Altın Fıçı'da mağlubiyetin can sıkıntısıyla sessizce oturmuş, caddenin el ayak çekilmiş haline bakıyordum boş boş. Neden o kadar abarttım bilmiyorum ama çok üzgündüm, mağlubiyeti sindiremiyordum bir türlü. Başka bir sebebi vardı muhakkak, kız meselesiydi belki, hatırlamıyorum. Maç sonrası ölüm sessizliğine bürünen cadde üzerime çullanıyordu bütün ağırlığıyla. Bu caddenin gecesi gündüzünden çok hızlı, çok keskin bir şekilde ayrılıyordu, özellikle de maç günleri. Ve ben her defasında şaşırıyordum buna. Maç öncesi ara sokaklara kadar taşan kalabalık, bu kadar kısa sürede, bu kadar kolay nasıl terk ediyordu caddeyi?

Babamı aramıştım. O zamanlar babamı arayabiliyordum.

"Baba," dedim, "çok canımı sıkıyor bu Galatasaray."

"İyi ya," dedi babam, "demek ki o da seni seviyor."

"Ya bırak şunları baba, sevmesinler beni. Ruhsuz herifler, delirttiler bugün."

"Merak etme oğlum, bu sene de şampiyonuz," dedi babam, "az sabır, takım toparlanacak."

Babamın sesindeki inancı damarlarımda hissettim. O an içime tarif edemeyeceğim bir mutluluk doldu. Telefon elimde, Altın Fıçı'nın önünde "seni seviyorum Galatasaray, seni seviyorum baba" diye bağırmaya başladım.

"İyi ki Galatasaraylıyım be, iyi ki senin oğlunum. Şampiyon olacağız, olacağız ya, başka çıkar yolu yok!" diye de devam ettim, keyfim fazlasıyla yerine gelmişti. Etrafımdaki kimse de deli muamelesi yapmadı. Çünkü mutluydum ve mutluysan zaten delisindir, çok önemsemezler.

"Sen de iyi ki benim oğlumsun. Çok içme, gecikmeden gel. Annen kaş göz yapıyor."

Ama dedim ya, kimseden gidemeyenler, küçücük şeylerle mutlu olabilecekken o küçücük şeylerden mahrum kalanlar var ya hani, en çok onlar özler ve en çok onlar acı çeker. Küçücük dediğimiz mutluluklar onlara aslında bir ömür yeter.

Babamın bir cümlesiyle, küçücük bir umudu yeşertmesiyle bile mutlu olabilecek bir insanmışım ben, başka açıklaması olabilir mi bunun? Ve bu hayatta bana bunu gösteren annem ya da babam oldu sadece, onlar büyük küçük hiç bir mutluluğu esirgemediler çünkü benden, benim onlarda kaldığım gibi, onlar da hep bende kaldılar. Sadece onlar kaldı, bunu çok net görüyorum. Evet babam gitti belki ama ona da gitmek diyemeyiz zaten, en derinine işlemiş biri senden ne kadar uzağa gidebilir ki? Sen onu kilometrelerce özlerken, o senden kaç adım uzaklaşmış olabilir ki? Bir nefes uzağımdaydı işte babam, nefesimi tutsam sarılacağım kadar yakındı. Bu düşünceyle bile avunabilir, mutlu olabilirim ben. Ve yine aynı düşünceyle kendime kahredebilirim.

Çünkü acı, gidenin değil kalanın hikâyesidir ve hikâyeyi hep kalanlar bitirir.

* * *

Beş dakika oldu olmadı elinde iki plastik bardak, çıktı geldi sıcakkanlı genç polis. Masasına iki adım kala yüzünü ekşitip masaya doğru eğildi "ufff, işşş" gibi sesler çıkararak; çayın sıcaklığından parmakları yanmıştı anlaşılan. Çayları masaya bıraktıktan sonra parmaklarını sallamaya başladı, yüzünde hala ekşi bir ifade.

"Yani diyor ki çay, beni ince belliden için, adam gibi koyun ince belliyi çay tabağının üstüne, öyle taşıyın, öyle için." dedi.

"Haksız da değil," dedim, "ince bellinin yeri ayrıdır."

"Aynen hocam. Karakolun bahçesindeki bankta oturuyor senin arkadaş, ben burada beklerim demiş bizim çocuklara. Arada çay falan götürüyormuş bizimkiler, "gitmeyeceğim, sakıncası yoksa burada bekleyeyim" demiş seninki. Ben çıkıp iyi olduğunu söyledim, çay içip sohbet ediyoruz dedim tamam dedi, orada bekleyecekmiş seni. İyi bir arkadaşa benziyor, demek ki sen de iyi bir arkadaşsın hocam, neden geldiğini söylediklerinde anlamıştım zaten. Takma kafana sen, al şu çayı da iç, elimi yaktı zaten. Sabaha bırakırız seni hayırlısıyla."

Dedim ya, Uğur kalır. Gitmez. Bizden gidilir, biz kalırız. Değişmez kural. Değişmez, lanetli kural. Gitmek ister gidemeyiz. Gidenlerin ardından, bizden gidenler de dahil, hayranlıkla baktığımız bile olur. "Oysa ne sarsıcı bir aldanıştır gitmek" diye yazmıştım bir keresinde bir deftere, fikir değiştiriyorum. Gitmek önemli bir meziyettir. Duyguları sakatlanmış, gitmeleri beceremeyen bizler, evet geride bırakılan biz de olsak, ağzımız beş karış açık hayranlıkla izleriz gidebilenleri, böyle de manyakça bir durumdur işte bu, arkalarından bir tek alkış tutmadığımız kalır.

En çok da büyük hikâyelerin büyük kahramanlarından olamamak acıtır içimizi.

Çünkü biliriz ki, büyük hikâyelerin büyük kahramanları her türlü sarsıntıya rağmen gitmeyi becerebilenlerdir.

"Ölümümün doğduğu yerde katilimi öldürmeye gidiyorum."

Sabaha karşı savcının talimatıyla serbest bırakıldım. Genç polisin dediği gibi, tutuksuz yargılanacaktım. Dövdüğüm adamı şikâyetinden vazgeçirmişler, her ikimiz hakkında da kamu davası açılacakmış, genç polisin söyledikleri aşağı yukarı bunlardı. Kendisine teşekkür ettim. Adı Ali'ymiş. Ali'nin çaylarını ve güzel yüreğini unutacağımı sanmıyorum.

"Yakınlarda resmi ikametine tebligat gelir hocam, bir avukatla görüş, çok sıkıntı çıkacağını sanmam. Allah'a emanet ol" dedi Ali.

Yaşadığım bunca nahoş olayın üzerine bir de bu mahkeme işi hiç hoş olmayacaktı. En azından bunu anneme anlatmak başlı başına bir meseleydi. Zaten mahkemeye çıkmak ya da ceza almak umurumda değildi. Bu gibi durumlarda kafamı ilk meşgul eden konu annemin üzülmesidir, gerisi teferruat olarak kalır.

Annem. Nasıl da özledim onu. Şimdi karşısına çıksam, onca soru, onca merak, kesin bir şey oldu telaşı. Görsem başka, görmesem başka dert. Çok özledim. Püfür püfür deniz kokan bir İstanbul sabahında hemen şimdi, şu an balkonda annemle kahvaltı ediyor olabilirdim. Neden olmasın. Hemen gidebilirim şimdi. Önce bir telefon açarım, zaten panik yapar, çok yazmasın diye konuşmayı kısa tutar, uzun uzun rol yapmama gerek kalmaz. Ama bunu planlamam gerek. Beni göreceği anın sevinci ve şaşkınlığının akabinde karşılaşacağım sorular için yalanlar uydurmam gerek.

"Bir sosisli falan, bir şey yiyelim Uğur, çay içelim, kafam yerine gelsin."

"Gelsin.."

Aslında İstanbul'a gelirken kafamda bazı düşünceler vardı bu yalanlara dair, biraz detaylandırmam yeterliydi. Anneme onu çok özlediğimi, sınavlar öncesinde sürpriz yaparak kısa süreliğine onu ziyarete geldiğimi ve iki üç gün kalıp İrlanda'ya geri döneceğimi söyleyecektim. Bunun ardından Uğur'un ayda bir garajdan çıkardığı arabasına el koyacak, uzunca bir süre için İstanbul dışına, Amasra'ya kaçıp, kendimi yazmaya verecektim.

"Senin araba ne yapıyor?

"Yatıyor. Satayım sana?"

"Yürü git lan, ne para verecem ona."

"Vaaay dalga geçiyorsun demek, nah binersin bundan sonra."

"Yok be Uğurum, zaten ancak onu alacak kadar para var cebimde. Aylarca ne yiyeceğim ben Amasra'da?"

"Amasra mı? Çiğdem'in memleketi Amasra?"

"Evet, Çiğdem'in memleketi olan Amasra."

"Başka Amasra mı var abi?"

"Ne bileyim, sen öyle deyince bir Amasra daha var sandım."

"Olsun."

"Hastayım senin bu olsunlarına Uğurum."

"Unutamıyorsun değil mi? O uzağında bile olsa ona dair bir şeyler yakınında olsun istiyorsun. Cesurca. Ben katlanamazdım sanırım. Sırf bu yüzden haritadan sildiğim bir şehir var mesela."

"Hayır, unutmakla alakası yok. Cinayetin kökenine iniyorum ben. Ölümümün doğduğu yerde katilimi öldürmeye gidiyorum."

"Hayırlısı olsun. Al arabayı, kullanmıyorum zaten, kullanacak trafik mi var burada?"

Plan tamamdı. Araba var, bir süre yetecek param var, gideceğim yer belli. İş sadece yola çıkmaya, Çiğdem'in doğduğu topraklara ulaşmaya ve orada kendime kalacak bir yer bulmaya kalıyordu. Yani en kolay kısım. Zor olanı orada başlayacaktı. Onun izlerine basarak yaşamaktan korkmayan ben, her köşesini adımlayarak büyüdüğü sokakları adımlamaktan da korkmuyordum. Yani şu an için böyleydi. Sonrasıyla yüzleşmeye de kararlıydım.

Uğur'la Taksim'de sandviçlerimizi yedikten sonra dün ilk oturduğum bara gidip valizlerimi aldık. Bu kadar valizle annemin karşısına çıkamazdım. Bir kısmını Uğur'da bırakacaktım. Zaten iki üç gün sonra Uğur'un arabasıyla yola çıkacağım için en mantıklısı buydu.

"Emin misin?" diye sordu Uğur.

"Neden emin miyim?"

"Dublin'e dönmeyeceğinden? Okulu bırakacağından? Aylarca gidip bir kasabada yaşayacağından emin misin? Unutabilecek misin?"

"Eminim Uğur. Oraya dönüp ne yapacağım? Okulu bitirip ne yapacağım? Hayatımın en büyük yalanıydı zaten bu okul meselesi. Çiğdem'le kurduğum hayatın çerçevesiydi. Hayatın o döneminde hali hazırda elimde olan şey eğitim hayatımdı. Kendime dair, başka ne yapabileceğime dair hiç kafa yormamıştım. Çiğdem vardı. Onunla birlikte olmak, onunla aynı hayatı yaşamak yetiyordu. Başka bir hayatın peşine düşmek için bir sebebim yoktu. Akışına bırakmış gidiyordum işte. Mutlu muydum? Evet mutluydum. Ama şu an mutlu değilim. Olsun. Unuturum. Mutlu olmayınca hayatına dair her şeyi sorguluyor insan. Ben yüksek tahsilimi bitirip eğitimci olmak falan istemiyorum Uğur. Bir müddet uzaklaşır bir kitap yazarım. Yıllardır biriktirdiğim, içimde evirip çevirip bir türlü kağıda dökemediğim şu hikâye, onu yazarım. Bol bol okurum, okumayı ertelediğim kitaplarla baş başa kalırım. Kendimi dinlerim işte oğlum. Kendime gelince de döner, anamın dizinin dibinde oturur okumaya, yazmaya, yaşamaya devam ederim. Keyifli sabahlarım olur annemle, keyifli kahvaltılarda deniz havası solurum. Unuturum. Seninle keyifli rakı sofralarımız olur, uzun uzun konuşur, uzun uzun susarız. Belki yeniden aşık olurum, belki yeniden aldanırım. Hayat da bir aldanış zaten, bile bile aldanış. Bir danışıklı dövüşün iki tarafıyız hayatla, birbirimiz eyliyoruz, ikiyüzlülükle geçinip gidiyoruz. Belki yüksek bir diplomam olmaz ama istediğim bir hayatı yaşamaya biraz daha yaklaşırım. İstediğim bir hayatı yaşamak bir gün mümkün olur mu bilmiyorum. Denerim. Unuturum. Sonunu zaten biliyorsun. Zamanı geldiğinde terk-i diyar eyler, belki daha güzel bir dünyada sevdiklerimle yeniden buluşurum."

"Yine depresife bağladın. Tamam abi git sen, gitmen gerek senin, onu anladım ben. Ama çok uzatma, çok abartma. Kitap mı yazacaksın, ne yazacaksan yaz gel hemen. Ben de sıkılıyorum oğlum burada, doğru dürüst çıkmıyorum zaten biliyorsun, arada bir halı saha bizim gereksizlerle."

"Onlardan hiç bahsetme, bana uzak, kendi samimiyetsiz dünyalarında birbirlerine yakın olsun onlar artık."

"Olsunlar. Ankara'ya gideceğim ben de yakında, anneannemi özledim. Kuzenler falan da var, değişiklik olur."

"Git tabi oğlum, ne tıkılıp kalıyorsun burada. Hatta Amasra'ya da gel bir iki gün, denize karşı rakı balık yaparız."

"Olur, gelirim."

Bir taksiye binip Uğur'un evine doğru yol aldık. Önce Levent'e, Uğurlara gidip valizlerimi bırakacak, oradan da Emirgan Korusu'nun tam karşısında bulunan, babamdan kalma eve gidecek anneme sürpriz yapacaktım. Daha öncekilere benzemeyecekti elbette. Yaşadıklarımı nasıl saklayacağıma dair hiçbir fikrim yoktu. Her gelişimde anneme saatlerce Çiğdem'i, birlikte yaşadıklarımızı en ince detayına kadar anlatan ben, anneme hissettirmeden bu rolü nasıl oynayacaktım bilemiyordum. Bir noktadan sonrasını yok etmek zorundaydım. Bir nokta belirleyip oraya kadarını anlatmak belki, o noktadan sonrasını yok saymak, içimde yarattığı tahribatın üzerini örtüp, sağ kalan yanlarımı ön plana çıkararak geçirmeliydim bu iki üç günü. Yoksa daha da zorlaşırdı. Evet, annemi üzmek biraz da olsa sağlam kalan, beni ayakta tutan yanımda arıza çıkarırdı. Annem hiçbir şey hissetmemeliydi. İki gün. Sonra kendime kaçacaktım.

İçimde kalan ufak bir hesabı görmek üzere kendimle bir süre baş başa kalacaktım.

"Kaçmak. Belki de içimi havalandırmak."

Bu yalnız, ıslak ve ayyaş kasabanın özellikle de ara sokaklarına kızmaktan daha anlamsız bir şey varsa o da bu yalnız, ıslak ve ayyaş kasabanın ara sokaklarına kızmamaktır, bu yüzden kızıyorum.

Ana avrat sövüyorum hem de, ağzıma ne gelirse sayıyorum. Neden bilmiyorum demek kestirme bir cevap olur, derinlerde bir yerde biliyorum. Ruh halim pek parlak değil, içimde sıkıntılarla uyanıyorum, anlam veremediğim sıkıntılar. Biraz da üşütmek üzereyim. O anlamda değil. Kaldığım oda iyi ısınmıyor, pencereler içeri rüzgâr sızdırıyor, ajanslar içeri akla zarar haberler sızdırıyor, tavandan duvarlara su sızıyor, kendi kendimle aramdan su sızmıyor, içim dışım her yerim rutubetle kaplanmış bir halde gözlerim sulanıyor, bir de damağım kuruyor. Bu durum sinirlerimi bozuyor. Oysa yazmak için buradayım ben, farklı ruh hallerine girip onla-

ra anlam vermeye çalışarak geçiremem günlerimi. Yine de ne zaman yazmaya otursam şu ahşap masanın başına, hep bir şeyler okuyarak kalkıyorum. Okudukça içimdeki rutubet artıyor, üzerime ağırlık çöküyor, bedenim ağırlaşıyor -hâlbuki beynim, ruhum falan ağırlaşmalıydı- uyumak istiyorum. Uyumaya direniyor kendimi alelacele dışarı atıyorum. Kaçmak. Belki de içimi havalandırmak. İçeride, istediğim şekilde tasarladığım bu sade, bu basit odada kalıp uyursam her tarafımı rutubet kaplayacak sanki, öyle hissediyorum, duvarda fotoğrafı asılı yaşlı çiftle alakası yok bunun. Ve bir noktadan sonra her şeye, her tarafı küf tutmuş nemli ve yer yer siyahlı yeşilli yosunlarla bezeli kaygan bir duvarın arkasından ayak parmaklarımın üzerinde yükselerek bakmaya çalışacakmışım gibi geliyor. Ellerim nemli yosunları mecburiyetten kopararak kayacak duvarın üzerinden, arka tarafta ne varsa göremeden duvarın dibine çökeceğim, götün götün geldiğim yere döneceğim sonra. Göremeden. Bilemeden. Öyle hissediyorum, korkaklıkla bir ilgisi yok.

İşte bu yüzden bu yalnız, ıslak ve ayyaş ve her tarafında tuhaf yosunlarla karşılaştığım kasabanın özellikle de ara sokaklarına kızmaktan daha anlamsız bir şey varsa o da bu yalnız, ıslak ve ayyaş kasabanın ara sokaklarına kızmamaktır, bu yüzden kızıyorum.

Seninle yürüyemedikten sonra üzeri jilet gibi kaygan o koyu gri, fi tarihinden kalma yamuk yumuk parke taşların ve aralarında artık taşlaşmış, kömür tozuyla karışmış o pis toprağın da bir önemi yok. Sen olsan, bu parke taşlar üzerinden çocukluğa kadar giderdik. O taşlar üzerinde dizlerimizi kanattığımız aydınlık günlerimize bu ara sokakları takip ederek ulaşabilirdik. Şimdi sadece içimde karanlık bir yerlere gidiyorum bu parke taşlar üzerinden geçerek, artık yosun tutmuş geçmişimize bu ara sokaklarda damla

damla kanıyorum işte, görüyorsun.

Diye karaladım cebimde taşıdığım küçük deftere. Çiğdem'den kalma bir alışkanlık. Amasra'ya geldiğim ilk gün, kiraladığım evin denize neredeyse sıfır odasındaki masaya kurulup, sivri kayalıklar üzerinden denizin üstüne çökmüş karanlık bulutları izlerken kalemimden kağıda dökülenlerdi bunlar. Kitabımın taslağını oluşturan, akla anlık gelen düşünce ve imgelerin hızlı bir şekilde kağıda aktarılmış haliydi. Ama yine de dönüp tekrar okuduğumda içimdeki duyguların karmaşasını çok net bir şekilde görüyordum. İçimdekilerle, Çiğdem'le derin bir savaşın içerisine girmiştim, bu belliydi. Ve burada geçirdiğim süre zarfında bu savaştan galip çıkmalıydım. Üretmeli, unutmalı ve hayatla aramdaki duvarı kaldırıp yeniden hayatın bir parçası olmalıydım.

Odadaki yatağı yadırgadığımdan olsa gerek bütün gece uyuyamadım. Yine de yorgun hissetmiyordum. Sabaha kadar uyuyamamıştım ama bir kitap bitirmiştim. Başladığım bir kitabı bitirdiğimde çocuk gibi mutlu olurum. Kendime yeni bir şeyler katmış olmanın, yenilenmenin sevincidir bu. Okuduğum her kitaptan sonra tazelendiğimi, ruhen daha da güçlendiğimi hissederim. Son cümlesine kadar okuduğum her kitabın kapağını yazarına duyduğum saygıyla, yüzümde bir tebessümle kapatırım.

Uykusuz ama yine de yeni bir güne başlamanın keyfiyle sabahın erken saatlerinde dışarı çıktım. Kasabanın meydanındaki açık bir pastanede sıcak bir poğaça ve çayla kahvaltı yaptıktan sonra deniz kenarına inip biraz dolaştım. Yaz mevsimine girmek üzereydik ve Amasra turistik bir yerdi. Sabahın erken saatlerinde sokaklar dingindi. Yine de bu dinginlik hissinde huzurla karışık bir hüzün vardı. Turistik yerlere özgü o bir türlü yetişilemeyen hızı hissetmemiş, çıldırmışçasına tüketen insanları ya da göz yoran şaşaalı mekânları görmemiştim burada. Aslında her şey olması gerektiği gibiydi. Kasabanın görünen yüzünün üzerine fazladan hiçbir şey eklenmemişti, her şey doğaldı. Yapaylık, sahtelik hissi vermiyordu bu kasaba. Coğrafik özelliğinden mi yoksa insanlarından mı kaynaklıydı bilmiyorum, ama bu kasabayı şu ana kadar gördüğüm bütün turistik yerlerden ayıran kasvetli bir hava da vardı. Ya da bu benim ruh halimle ilgiliydi, emin değilim.

"Ya bırak bütün gece içmiş yine, gittim mendireğin oradan topladım. Bırak şunu be, bir numara olmaz ondan. Çok sıkıldım ortak, buralarda olmuyor yeminle, çok bunaldım artık. Teyzeme söyleyeceğim valla bir kız bulsunlar, aldırsınlar artık beni Almanya'ya" dedi telefondaki arkadaşına ara sokaktaki barın barmeni. Barmen dediysem herhangi bir numarası yok, içkiyi dümdüz koyuyor, buraya çok fazla yabancı turist gelmediği için sanırım. Bu kasabada kaldığım süre zarfında içki koyarken alengirli el hareketleri falan yaptığını görmedim hiç. Adı Hakan. Telefonu kapatır kapatmaz daha tanışmadan bana konuyu açıklama gereği duydu.

"Önümüzdeki yaz kesin aldırıyorlar beni. Aslında bu yaz da giderdim de işte teyzem rahatsızlanmış biraz. Onlara da iş çıkarmayayım dedim, ısrar etmedim. Yoksa çoktan gitmiştim abi. Hayırlı bir kısmet bulacağım sana dedi teyzem, önümüzdeki yaz kesin aldırırlar beni. Durmam ben burada abi, en fazla bir yıl. Gerçi yine de halimize şükür tabi, bir dilim ekmek bulamayan insanlar var."

Hakan bu samimi konuşmayı aynı gün tanıştığımızda yapmıştı. Yıllardır tanışıyormuşuz gibi, daha dün birlikteymişiz de bu sabah birlikte kahvaltı yapıyormuşuz gibi. O kadar samimi, o kadar duru ve içten.

Telefonu susmuyordu bir türlü, sürekli telefondaydı Hakan. Ve konuşmaların hemen hepsi aynı tondaydı, kullandığı kelimeler, sesindeki iniş çıkışlar, söylenenlere verdiği tepkiler aynıydı. Karşısındakine göre belirlemiyordu hareketlerini Hakan, olduğu gibiydi.

Yerli turistin çoğunlukta olduğu turistik kasabalardaki işletmelerde çalışanlar daha bir ağırbaşlı, daha kendileri gibi oluyorlar, kendilerini bir şeylere adapte etmek gibi bir çabaları olmuyor. Yerli turistte şımarık bir tavır olmadığından belki de. Bir şeyi abartılı hareketlerle allayıp pullamana gerek yok diye, herkes neyse o. Evet özünde o kadar da şımarık insanlar değilizdir biz yerli turistler, ağırlığı severiz. İki dubleden sonra ufaktan göbek atmaya meylimiz vardır tabi ama yine de genellikle kendimizi bozmayız. "Ağzınla içsene oğlum şunu" tavrı baskın çıkar hep, yabancılar buna "drink responsibly" diyorlar, İngilizce konuşanları yani. Bu sebepten, yerli turistle muhatap olan işletmecinin örneğin daha fazla kokteyl satmak için sulu sulu şakalar, göbek dansları falan yapmasına gerek yoktur, cinsel içerikli şakaları zaten hiç yapamaz, Allah muhafaza bir sakatlık çıkar. Bir duble rakı, ezine peyniri, kavun. Gönder gelsin koçum. Ya da çay getir oğlum sen, çekirdeğimizle geldik biz, çitleyeceğiz. Bu kadar. Yalın. Daha gerçek. Daha samimi. Çoğunlukla Ege ve Akdeniz'de görüp yadırgadığın o yılışık halleri örneğin bir Karadeniz sahil kasabasındaki işletmelerde göremezsin. Dolayısıyla oralardaki hizmet anlayışı daha bir ağırbaşlı ve bundan da önemlisi, evet, daha gerçek geliyor bana, gerçeküstü bir atmosfer yaratılmıyor çünkü.

Yalnız, ıslak ve ayyaş kasabaların makyajı olmuyor, gecenin sonunda akmıyor, hayal kırıklığı yaratmıyor.

Bir elindeki bezi bırakıp, kulağıyla omzu arasındaki telefonu kapattı Hakan. Sonra bezi tekrar alıp diğer elindeki bardağı kurulamaya devam etti.

"Abi günaydın bu arada, hoş geldiniz, Hakan ben."

"Günaydın, hoş buldum Hakan, Onur ben de. Barınızın dış cephesi ilgimi çekti, gayet zevkli. İçeriye de bir göz atmak istedim. Kahveniz varsa içerim."

"Var tabi abi, hazırlayayım hemen."

Hakan bu kasabanın yerlisi, doğma büyüme buralı, lise mezunu. Amasra'dan dışarı pek çıkmıyor, en fazla Bartın'a alışverişe, o da yarım saatlik mesafe. Bir de ayda bir İstanbul'a, Galatasaray'ın maçlarına gidiyor Amasralı Aslanlar taraftar grubuyla. Otobüs kiralıyorlar. İlerleyen günlerde sohbetlerimiz arttıkça konu bir şekilde Galatasaray maçlarına geliyor hep, Hakan bu seyahatlerini eşine pek rastlanamayacak bir coşkuyla anlatıyor. Ortak bir yönümüz olduğu için, Galatasaray'a dair hayatında olan biten her detayı keyifle anlatıyor bana.

"Abi gece çıkıyoruz yola" diyor, "arka beşli sabaha kadar iki kasa birayı deviriyoruz zaten, tezahüratlar şarkılar derken uyutmuyoruz kimseyi sabaha kadar. İstanbul'a gelince de kafa bir dünya, sabah Beşiktaş'ta kahvaltı ediyoruz ayaküstü, sonra doğru Beyoğlu. Beyoğlu Galatasaray'ın kalesidir abi, sen daha iyi bilirsin. Akşama kadar da Nevizade'de demleniyoruz, sonra da doğru maça. Bir de kazanırsak daha ne isteyeceksin? Ama kaybedince var ya, o yol hiç çekilmiyor be abi."

Hakan'a bakınca aslında doğal olanın, anlamlı olanın böylesi bir yaşam olduğunu düşünüyorum buraya geldiğimden beri. Doğduğun bir yer var, orada büyüyorsun, zorunlu eğitimini alıyorsun, sonrasında bu kadar eğitim yeter diyorsun ve iş hayatına atılıyorsun. Varsın aile işletmesi olsun, hatta daha da anlamlı. Elbirliğiyle ortaya çıkmış, emekle yaratılmış bir mekanda emeğinle çalışıyorsun. Eğitim, kariyer, aşk ve saire diye oradan oraya savrulmuyor, bu daracık yere tıkıldım kaldım diye kendi kendini yemiyorsun. Mutlusun. Mutlu muyum, mutsuz muyum diye sorgulamadan, mutlu olduğun sonucuna yıllar süren iç çatışmalardan geçip ulaşarak değil. Kendiliğinden ve çoğunlukla bunun farkında olmadan mutlusun. Mutluluğun en güzel olanı yani. Kendiliğinden mutluluk. Farkında değilsin ama farkında gibi yaşıyorsun, bu yaşadığın şeyin adını doğar doğmaz koymuşsun gibi yaşıyorsun: "Dünya dediğin de zaten daracık bir yer. Nereye gidersen git, sonunda hikâyenin kelimeleri değişiyor sadece, konu aynı, özneler, yüklemler ve nesneler aynı" diyorsun, öyle yaşıyorsun. Hakan yani, öyle yaşıyor. İmreniyorum.

O gün uzunca bir süre Hakan'ın çalıştığı barda oturdum. Biraz sohbet, biraz gazete, biraz kitap derken havayı orada kararttım. Limana bakan bir restoranda yemek yedikten sonra odaya dönüp kendimi yatağa bıraktım. Ertesi gün öğlene kadar deliksiz uyumuşum.

"30 kişi ölmüş yine sabah sabah, sen en az bir 30 daha koy onun üzerine ortak, söylemiyorlar millet gaza gelmesin diye. Memleketin anasını ağlattılar. Yok, valla gitmem lazım benim, teröristler bastı ülkeyi, ne olacağımız belli değil baksana. Aldırsınlar beni artık, anneme diyeceğim bugün, teyzemle konuşsun, yoksa ben arayacağım valla."

Öğlene doğru uyandığımda aynı pastaneden poğaça alıp Hakan'ın yanına gittim kahvaltımı orada yapmak için ama barın kapısından içeri adımımı atar atmaz Hakan'dan duyduklarım kanımı dondurdu. Güne ölümle başlamıştım ve bununla ilgili herhangi bir detay duymak istemiyordum. Benim acım zaten bana yetiyor derler ya, öyle bir psikolojim vardı. Yok saymak, öyle bir olay olmamış gibi yapmak o an için daha uygun gelmişti bana.

"Günaydın Hakan. Çayın varsa kahvaltı edecektim burada ama tatsız bir şeyler olmuş sanırım memlekette." Bir heyecanla ne ölümü yine, hayırdır falan diye konuya girecek oldum ama tuttum kendimi. Hakan makineli tüfek gibi saydıracaktı, duyacağım detaylar günümü alt üst edecekti, canım yanacaktı biliyordum. "Neyse, ölüm falan girmeyelim şimdi hiç, ben sormayayım, sen de bir şey söyleme ne olur. Nasılsa öğreneceğim, öğrenince de canım sıkılacak, yapacak bir şey de olmayacak zaten. Hep olduğu gibi üzüldüğümüzle kalacağız. O yüzden sen boş ver, hiç girmeyelim bu konulara. Gördüysek de unutalım. Yapabildiğimiz en iyi şey bu zaten. Varsa bir fincan çayını içerim."

"Var abi, koyuyorum hemen."

"Sağolasın."

"Abi sen ne için gelmiştin buraya, gezmeye mi?"

"Yok. Bir kitap yazıyorum ben Hakan, onun için geldim. Bir süre her şeyden uzaklaşıp sadece kitabıma odaklanmak için buradayım. Uzunca bir süre de kalacağım gibi görünüyor."

"Sadece kitap için mi abi?"

"Sadece kitap için Hakan."

"Kolay gelsin abi, inşallah istediğin gibi olur, çok sevdim ben seni. İçtensin bir kere, mütevazısın. Sadece kitap için diyorsun ama, içinde sanki bir sıkıntı var senin abi, yanlış anlamazsan yani, biraz canın yanmış, üzülmüşsün gibi. Neyse abi sen bana bakma ben bazen abuk sabuk konuşurum böyle. Kitap okumam ama senin kitabı kesin okuyacağım abi. Bittiğinde ben büyük ihtimal Almanya'da olurum gerçi, oraya gelir mi abi kitap? İnternetten sipariş ederiz gerçi, ne olacak."

"Gelir Hakan, gelmese de gelir bir şekilde, sen okumak istedikten sonra. Sen gerçekten istedikten sonra o istediğin şeyler er geç gelir bulur seni, yapışır yakana.

Bazen kaçamazsın Hakan."

"Yağmur. Yağmasa da olurdu..."

Gece olup da soğuk yatağına girdiğin zaman, o kireç suratlı tavan gökyüzü olsun istersin, bir bakışınla gökyüzü olsun, masmavi bir gökyüzü. Yani ben öyle olsun isterim. Gökyüzünü çok severim. Ama genelde hep kara bulutlar çöker o tavana, açık gri, koyu gri, bilmem kaç ton gri bulutlar. İçinden özlemek yağan, düşlerden kâbus yapan oyunbaz bulutlar.

Üşürüm.

Maviye takılıp kaldıkça insan, her şey maviden ibaret olsun istedikçe koyu bir griye saplanıyor. Ne hikmetse bu katı bir kural gibi kusursuz işliyor.

Üşütüyor.

Aşk biraz da grinin üstünü maviye boyama meselesi galiba.

Grinin üzerine çekebildiğin her kat mavide o tavandan üzerine özlemler yerine aşk yağmaya başlıyor. Bir kat bile çekemiyorsun. Mavi boyalar hep bitmiş oluyor, aşklar hep yarım kalıyor. Aşkla ıslanmak özlemle ıslanmaktan iyidir diyorsun. Ama hep özlemlerle ıslanıyorsun.

Hayat tuhaf, epeyce tuhaf.

Sırf birini aklamak için, sayfalarca kendini karalıyorsun mesela. Sırf birini karalamamak için onlarca şeyi unutuyor, tonlarca yükle kendine yükleniyorsun.

Sonra bir gün geliyor, tüm yaşadıklarının üzerine kendi ellerinle perde çekiyorsun. Yaşanmışlıklara sırt çeviriyor, duygularını yok sayıyor, kendini bilerek ve isteyerek o griliklerin içine hapsediyorsun. Maviliklere duyduğun özlemin karşılıksız çıkmasından bu. Griye meraklı olduğundan değil, yaşadıklarının ruhunun karanlık yerlerine dokunmasından.

Gri bir hayatın üzerini maviyle, aşkla boyamak isterken aşktan uzaklaşıyorsun. Duygular yok artık, incelikler, özveriler, mücadeleler yok. Tenlerin sahte sıcaklığındaki uçucu şefkatler var, danışıklı avunuşlar, şafak vakti ayılmalar var.

Koyu gri bir şafak vakti mi olur?

Olur.

Sahipsiz bırakılmış duygularını soğuk yataklar üstünde başka tenlere vura vura öldürürsen olur.

Çok düşündüm bunu, çok istedim. Aldatılmıştım, bunda iyileştirici bir gücün olabileceğini düşündüm. Aldatan kim varsa bu hayatta karşılaştığım, hep güçlü görünmüşlerdi gözüme. Güçlü olan mı aldatıyordu yoksa aldatınca mı güç elde ediliyordu bundan emin değilim ama aldatma konusunun güçle ciddi bir ilişkisi olduğundan eminim. Aldatılanın perişan halini de buna örnek gösterebiliriz pekala, benim gibi.

Bu perişan halden çıkışım, içimdekileri unutmak belki de sadece içimdeki kadını aldatarak mümkün olabilecekti. Bunu başarabilirsem normale dönecek, hayatıma yeni bir şekil verebilecek güce kavuşabilecektim. Başka bir kadınla olabilmek başka bir hayatı kurabileceğime inanmamı sağlayacaktı.

Aşık bir adam aldatmaz, hep buna inandım ben.

Bırak aldatmayı, bunu aklından bile geçirmez aşık bir adam. Aşk ruhundaki boşlukların, geçmişte birilerinin açtığı deliklerin kapanması olduğu kadar, durmaksızın delik deşik olma halidir de aynı zamanda. İyileşirken yaralanmaktır da. İçindeki aşkın büyüklüğü kadar yaralısındır. Ve yarasının derdine düşmüş bir adam, uğruna kanadığı kadından başka bir teni arzulamaz, bir başkasının teninde yarasını dağlamaz. Gerçekten bir aşk söz konusuysa tabi. Gerçek bir adanmışlığın, kendinden vazgeçişin pençesindeysen, içindeki o büyük depremin altında inlemekteysen ve inlerken bile teninde onun nefesini hissetmekteysen.

Aşık bir adamdım ben, bu yüzden aldatamadım. Joanne'le geçirdiğimiz akşam mesela. İçimizdeki boşluklara sabaha kadar alkolle dolgu yapmaya çalıştığımız gece. Alkolü bırak, kendimize kendimizle bile dolgu yapamayacak kadar eksik hissederken bütün benliğimizle, aklımın ucundan bile geçirmedim onun tenine sığınmayı. Ona anlattıklarım içimden çıkarıp önüme koyduklarımdı sadece. Çok konuşmuştum susarak. Konuştuklarım yüreğimin duvarlarına çarpıp geri dönüyordu, içimde debelenip duruyordu. Onları dışarı çıkarmak, illa bir yere çarpıp geri dönecekse de, döndüklerinde yüzüme çarpsınlar istiyordum.

Sadece konuşmak istemiştim Joanne'le, sadece konuşmak.

Çünkü yüreğim susmak bilmiyordu. Çünkü Çiğdem'in uzaklığına dilim varmıyordu.

Böyle bir adam olmaktan sıkıldım ben. Karşılıksız sadakatten, sessiz konuşmaktan, beklemekten, ummaktan, her seferinde yanılmaktan yoruldum. Şimdi burada, Çiğdem'in doğduğu kasabadayım. Ondan kaçarken ona kaçmış durumdayım. Kaçmalıyım. Hem Çiğdem'den hem de kendimden kaçmalı, başka bir adam olmalıyım artık. Sevmeyen, özlemeyen, beklemeyen, umut etmeyen bir adam yaratmalıyım kendimden. İçinde ne var ne yoksa olduğu gibi bırakıp ayrılmalıyım içimde yarattığım bu harabeden.

Aldatmalıyım.

Aldatabilmeliyim artık.

Başkalarıyla olabildiğim, başka tenleri okşayabildiğim kadar uzaklaşmış sayılmaz mıyım Çiğdem'den? Dokunduğum her kadın ondan uzağa attığım bir adım değil midir? Başka türlü nasıl uzaklaşabilir bir insan yarım bırakılmış ruhundan? Durmadan arzuladığın o tenin, o ruhun uzağına nasıl koyabilirsin kendini?

Kural bu belki de.

Yarı yolda bırakılmışsan, bulacağın yol yarım bırakanın çok uzağına çıkacaktır, çıkmalıdır.

Bugün Ezgi geliyordu. Ezgi'nin teni Çiğdem'den uzaklara gidiş biletimdi. Tek yön bir bilet. Bir başkasıyla olacak ve Çiğdem'e dönüş yolumu sonsuza dek kapatacaktım.

"Abi hoooppp, derinlere daldın yine" dedi Hakan, "bir sorun yok inşallah?"

"Yok Hakan, her şey yolunda."

Yaz mevsimi yaklaşıyordu ama Amasra sokakları hala tenhaydı. Kasaba, özellikle de hafta içinde, bir terk edilmişlik haliyle boğuşuyor gibiydi. Bu halin bana da sindiğini söyleyemem, ben zaten içimde o terk edilmişlik hissiyle gelmiştim buraya, dolayısıyla kasabanın bu halini yadırgamıyordum. Hoşuma gittiğini bile söyleyebilirim.

Bardan çıkıp sahile doğru yürümeye başladım.

Sahile inen yolun kenarındaki kahvede, muhtemelen poyraz yüzünden balığa çıkamamış genç, yaşlı balıkçılar oyun oynuyorlardı. Cama yakın bir masanın beyaz bıyıklı, yaşlı yancısı sandalyeye sarılır gibi tünemiş, başı kollarının üzerinde uyukluyordu. Camın dışında, beyaz bıyıklı yaşlı amcanın hemen önünde kirli bir köpek aynı pozisyonda yere yatmış uyukluyordu.

Ezgi tahminen akşamüzeri Amasra'da olacaktı. Yıllardır görüşmemiştik. Birbirimize olan karşılıklı zaaflarımızın üzerini, üzerine tek bir kelime bile etmeden örtmüş, hayatlarımıza o örtüye hiç dokunmadan, birbirimizden çok uzaklarda devam etmiştik yıllarca. Başkalarını arzulamış, başkaları için ağlamış, hayatlarımızı başkalarına göre kurmuştuk. Kurduğumuz hayatları uğruna yıkacak, peşinden koşulacak kadar derin değildi belki birbirimize duyduklarımız ama derinlerde sessizce yatmaktaydı. Zamanı geldiğinde sessizce ortaya çıkıp, aynı şekilde sessizce, zarar vermeden tekrar inine geri dönecek hislerdi bunlar. Akla geldikçe heyecan vermesi ve çok derinlerde de olsa saklanması belki de bu zararsızlığı yüzündendi. Bizler bizim çok üstümüzde bir güç tarafından lanetlenmiş değiliz. Biz kendi kendimizin lanetiyiz. Ne kadar mutsuz, ne kadar saçma bir hayatı yaşıyor olursak olalım, o hayatı yıkacak, düzenimizi sarsacak duygulardan kaçan, inkar eden biziz. Üzerimizdeki lanetin, ömür boyu sürecek mutsuzluğumuzun sebebi budur. Varlığını inkar edip, en derininde yatan istekleri dizginleyip mutsuz olduğun bir hayatı devam ettirmek bir lanet değil de nedir?

Aldatmanın, Çiğdem'den uzaklaşmanın en güvenli haliydi Ezgi. Sessiz sedasız gelip, sessiz sedasız gidecekti. Sarsıntısız. Zaten sarsılmış dengemi daha fazla sarsmadan. Elimden tutup Çiğdem'in uzağına götürüp, bırakacaktı beni. Yıllarca çıkmayacaktı tekrar karşıma. O derinde yatan his, sesini bile çıkarmadan yerine dönecek, yıllarca uyuklayacaktı yine. Bu samimiyetsizliğimin farkındaydım. Bir yanıyla bir insanı kullanmaktı bu, bir yanıyla da bu zor adımı atmanın en güvenli haliydi. Çiğdem'den uzaklaşmak için başka bir sarsıntıyı bile göze alamıyordum, komik bir haldeydim ama buna çok fazla takılmadım. Korktum çünkü, bundan da korktum. Kendime yüklenmekten, bitmek tükenmek nedir bilmeyen o sessiz tartışmalarımdan ve bu tartışmaların sonunda kaybedip en başa dönmekten korktum. Bu düşünceleri yok sayıp oyuna devam etmekten fazlasını yapamadım. Bir şekilde uzaklaşmalıydım artık beni acıtan ne varsa. Başka biri olmalıydım artık, güvenli yollarla, başkalarını kullanarak da olsa bunu yapmalıydım. Sanki bu eşiği atladığım anda dinecekti bütün sızılar, buna çok inanıyordum.

* * *

Hemen sahilde, denize sıfır bir kafeye girip kahve istedim. Karşımda, denizin içinden göğe doğru yükselir vaziyette dikilmiş dağın üzerinde kara bulutlar toplaşmış kasabaya doğru ilerliyordu. Birazdan yağmur yağacaktı. Önümdeki gazetede okuduklarımı temizleyemeyecekti bu yağmur. Yağması bir şey ifade etmeyecekti. Gencecik bir kız, bir gece vakti evine giderken, uluorta tecavüze uğramıştı. Onun hayatı bundan sonra nasıl olacaktı, kaldığı yerden devam edebilecek miydi, hayat onun için başka neler hazırlıyordu, bunlara kafa yorarken bir köşe yazarının son zamanlarda ülkede artan tecavüz olaylarıyla ilgili yorumuna rastladım. Normal şartlarda, aklın ve vicdanın hâkim olduğu bir ülkede, kerameti kendinden menkul fikirleri ancak kenarda köşede kalabilecek bu köşe yazarı "genç kızlarımızın da hal ve hareketlerine dikkat etmeleri gerektiği" hakkında ahkâm kesiyor, dolaylı bir şekilde "dişi köpeğin kuyruk sallamasının da" yaşanan bu tecavüz olaylarında önemli pay sahibi olduğu düşüncesini toplumun bilinçaltına inceden inceden işliyordu.

Yağmur yağıyordu. Yağmur, camda bozuk şekiller oluşturup yere süzülüyor ve yavaşça gözden kayboluyordu.

Yağmur en fazla camlarımıza dokunuyordu, o kadar. Hayatı kararmış, umutları çalınmış çocukların, genç kızların gözyaşlarına bulaşıp toprağa karışıyordu sadece. Midem bulandı, tepeden tırnağa kusma isteğiyle doldum. Etrafta gördüğüm her şeyin üzerine kusmak, bu pisliği pisliğe boğmak istedim.

Bu topraklarda yeşeren çiçeklerin istisnasız her birinde kan ve gözyaşının olduğunu düşündüm sonra. Yağmur sadece buna yarıyordu. Kan ve gözyaşı yağmur yardımıyla toprağın en derinine kadar işliyordu. Arılar kan ve gözyaşı emiyordu çiçeklerden, yediğimiz her meyvede, her sebzede kan ve gözyaşı vardı, biz kan ve gözyaşıyla besleniyorduk, bunu fark ettim. Yağmur, kan ve gözyaşından ibaret bir hayatın devamlılığına hizmet ediyordu sadece. Tecavüze uğrayan, öldürülen kadınların hayatlarına, katledilen masum çocukların hayallerine, annelerin, babaların bir ömür sürecek sancılarına, gözyaşlarına sebep olan pisliklerin hiç birini silip süpüremiyordu yeryüzünden, hiç birimizi temizleyemiyordu.

Yağmur.

Yağmasa da olurdu.

"Acının olmadığı yemyeşil bir yerde..."

Ahşap kapıdan çıkan gürültülü ses hayra alamet değildi. Kafam kazan gibi, gözlerim balon, dilimse susuzluktan çatlamış bir halde tavana bakıyordum. Ses giderek daha da şiddetli çarpıyordu kulağıma. Ben yorgundum. Bu gürültü bana fazlaydı. Bu gürültü beni incitiyordu.

"Aç! Polis!"

Tedirginlik ve öfke arasında sıkışmış bir duyguyla kapıyı açmak üzere yatağımdan kalkarken, yatağın hemen yanında, pencerenin tam altında bulunan koyu kahverengi, vernikleri yer yer sökülmüş, buraya geldiğimden beri hiç kullanmadığım tek çekmecesi nedense hafif aralık kalmış komodinin sarı metal kulpundan tutup kendime doğru yavaşça çekince, içeride bir sigara paketinden koparılmış, üzeri yazılı jelatinli kağıt parçasını fark ettim. Üzerinde Ezgi'nin yeşil küpeleri, yanında da lacivert ve turuncu renkte, şu ucuz tükenmez kalemlerden bir tanesi vardı. Kağıdın ve kalemin varlığıyla Ezgi'nin yokluğunu fark ettim.

Ezgi neredeydi? O da mı gitmişti? Gelenler hep gidecek miydi?

Kapıya hala vuruluyordu, pencereden içeri saldıran poyraz soğuğu tenimi ısırıyordu. Ne ara açık kaldı bu pencere? En son bir sigara yaktığımı hatırlıyorum, tek başıma içmiştim. Bilgisayardan Barış Manço'nun *Unutamadım* şarkısını açmıştım, hatta hala içimden onu söylüyorum. Ezgi benden önce sızmıştı, hatırlıyorum. Elleri bacaklarının arasında, bacaklarını karnına çekmiş bir vaziyette uyuyakalmıştı. Üşür gibi, korkar gibi, saklanır gibi. Ya da hepsi birlikte, isimlendirebildiğimden de öte duyguların arasında vücudu bu şekli almıştı. Çok sarhoştum. Sendeleyerek yanına gittiğimi, battaniyeyi diğer tarafından kıvırarak Ezgi'nin üzerini örttüğümü hatırlıyorum. Cam açıktı. Sonrası boşluk. Camı kapatmadan yatağa girmiş, battaniyesiz kısma yüzüm duvara dönük şekilde kıvrılmış olmalıyım.

Peki Ezgi ne zaman gitmişti?

Jelatini elime alıp üzerine kötü bir el yazısıyla yazılmış şiire baktım. O ucuz tükenmez kalemle yazılmıştı şiir ve kalem muhtemelen tükenmek üzereydi. Bazı harflerin üzerinden iki üç kez geçilmişti çünkü, kağıtta yer yer delikler açılmıştı.

İnsan da böyledir. Tükenirken, her şeyin üzerinden iki üç kez de geçse, delik deşik olmaktan kurtaramaz kendini.

Kırılan dalgaların dövdüğü bir kıyının
haykırışları içinde duruyorum
ve altın kum taneleri tutuyorum avucumda
ne kadar az! [1]

Şiire anlam veremedim. İçimi ezen bu dizeleri Ezgi yaz-

---

1 Edgar Allan Poe

mış olabilirdi. Ben buraya gelmeden yıllar önce de yazılmış olabilirdi tabi ama ben Ezgi'nin yazdığını hissettim. Bir eksilmişlik duygusu oturdu içime. Büyük bir hata yaparsın hani, sonra yapmamış olmayı dilersin. O hatadan öncesine dönebilmeyi dilersin ama dönemeyeceğini bilmek müthiş bir acı verir. O hatadan önceki anlarının aslında ne kadar değerli olduğunu fark edersin. Tekrar o anlara dönmek için her şeyini verebileceğini hissedersin iliklerine kadar. Ya da bir ölüm. Çok yakınından birinin sonsuzluğa gidişi. Bir gün önce onunla geçirdiğin sıradan zamanın muhteşemliğini fark ettiğin ama bir daha o anı yaşayamayacağın gerçeğini kendi kendine defalarca söyleyip dibe vurduğun o anda hissettiğin o berbat duygu işte. Aşağı yukarı buna benzer bir duyguydu bu dizelerin bana hissettirdiği. Okumamış olmayı yeğlerdim, çünkü içimdeki bu duygunun daha da büyüyüp şiddetleneceğinden neredeyse emindim.

Kapı neredeyse kırılacaktı artık.

Şiirin yazılı olduğu kağıdı ve küpeyi ani bir refleksle cebime koydum. Az sonra oda talan edilecekmiş, yakılıp, yıkılacakmış gibi bir hisse kapıldım.

Şiir mermi gibi saplanmıştı içime, aklıma Çiğdem geldi. Şu anda burada, yanımda olması gerekirken kim bilir nerede, başı kimin göğsünde mışıl mışıl uyuyordu? Yoksa çabuk mu pes etmiştim? Evet şimdi bunları düşünmenin sırası değildi belki. Beynime beynime vuran bu kapı gürültüsünden kaçmak için yine Çiğdem'e sığınmıştım. Elimde başkasının karaladığı bir kağıt parçası, kulağımda yumruklanan bir kapının gürültüsü, o kısacık anda bile aklımda Çiğdem. Hiçbir şey yok sanki. İçim, dışım, her tarafımda sadece Çiğdem. Kısacık anlarda bile ne çok düşünce geçiyor insan beyninden, ne çok duygu saldırıyor yüreğine. Ve meğer ben ne kadar azmışım Çiğdem'de, Çiğdem bende ne kadar da fazlaymış. Onu unutma çabası kendimi kandırmaktan ibaret belki de, en derinlerde bunun mümkün olmadığını biliyor ve kendi kendimi kandırıyor olmam da çok güçlü bir ihtimal. Acıyı azaltmak için oynadığım bir oyun gibi bütün bunlar. Başka biri olma çabası. Olma çabası. Olmak istemezken olmaya çabalamak. Ne kadar saçma. Ne yaparsam yapayım, kendimden yola çıkarak başka bir ben yaratamayacağım, biliyorum. Şimdi "kırılan dalgaların dövdüğü bir kıyının haykırışları içinde duruyorum" ve az da olsa, hatta elimde hiç kalmamış da olsa o altın kum tanelerini avucumdan bırakamıyorum. Yaşadığım her şey, baktığım her yer bunu söylüyor. Bir kadının, Ezgi'nin, delik deşik ede ede bir kağıda yazdığı bir dörtlük bile ondan çok beni anlatıyor.

Bu kadar mı bilindikti benim hikâyem, bu kadar mı çıplaktım ben bu dünya sahnesinde? Herkesin acısı bu kadar benzer miydi yoksa?

Şiiri cebime koyup kapıyı açmaya yöneldim. Ne çok geliyordu dünya üzerime. Kapıya vuruldukça beynim patlayıp ortalığa saçılacakmış gibi hissediyordum her defasında.

Kapıyı açmadan önce yorgun ve çatallanmış bir sesle "geldim" diyebildim sadece, daha yüksek sesle, daha kendimden emin söylemek isterdim ama buna hiç halim yoktu.

"Kenara çekil."

"Hayırdır memur bey."

"Hayrı mı kalmış?"

Uzun boylu, geniş omuzlu ve esmer bir polis memuru, arkasında kısa boylu, hafif kilolu ve görece daha yaşlı bir polis memuruyla birlikte odanın penceresine yöneldiler. Uzun boylu olanı ellerini pencere pervazına dayayıp aşağıya doğru baktı.

"Görünüşe göre burası" dedi yanındakine.

Peşinden, "galiba burası savcım!" diye seslendi aşağıya doğru, "sen de dikilme ayakta, üzerini değiştir, merkezde ifaden alınacak."

Neler olduğuna bir süre anlam veremeden, polisin direktifleri doğrultusunda üzerimi giyinmeye başladım. Koşullanmış bir halde çorabımı giyerken birden bire tekli koltuğun üstünde Ezgi'nin montunu fark ettim, yanında da çantası vardı. O an beynimde şimşekler çaktı. Eğilmiş bir halde, gözlerim koltukta çakılı kaldı. Sırtımda buz gibi damlaların oluştuğunu ve hiçbir yere kıpırdamadan tenimin üstünde öylece durup, beni iliklerime kadar titretmeye başladıklarını hissettim. Bir mengene şakaklarımı sıkıştırıyordu sanki, kafatasımın içinde beynimin küçülmeye başladığını hissettim. Kulaklarımdan kan sızıyordu, öyle hissediyordum. Midemden ağzıma doğru çürük kestane tadında bir sıvı yükselmeye başlamıştı, arkamda birisi penseyle omurilik soğanımı sökmeye çalışıyordu sanki. Yüz üstü yere yığıldım. Ölüm yanımda çömelmiş saçlarımı okşuyordu. Konuşmadı benimle. Tek kelime edemedim. Üşüdüm.

Uzun boylu olan polis memuru yerde sırt üstü çevirdi beni. "İyi misin birader?" diye sordu dümdüz bir ses tonuyla, cevap veremedim. Sadece gözümü kırptım. Gözlerimi tavana mıhladım, "ne olur" dedim içimden, "ne olur Ezgi'ye bir şey olmasın."

Çok şey olmuştu Ezgi'ye, bu kısa hayatta çok uzun acılar, hiç bitmeyecek acılar bulmuştu onu. Erkek kardeşi hariç bütün ailesini bir trafik kazasında yitirmişti. Anne, baba, küçük kız kardeş. Hepsi enkaz haline gelmiş bir arabanın içinde can vermiş, sadece erkek kardeşi Mert hayatta kalabilmişti, buna hayatta kalmak denebilirse. Üniversiteyi kazandığı yılın yazında İzmir'e anneanne ve dedesini ziyarete gitmişlerdi bir haftalığına, yazın sonlarıydı. Üniversite kayıtlarının başlamasına yakın geri döneceklerdi ama Ezgi biraz daha kalmak istemişti İzmir'de, ailesi İstanbul'a geri dönerken o İzmir'de anneanne ve dedesiyle kalmıştı. Ailesi eve dönüş yolunda can verirken o İzmir'de, hayatta kalmıştı. Mert yoğun bakımdayken gecelerce onu beklemiş, gecelerce dua etmekten ve ağlamaktan başka bir şey gelmemişti elinden. O sene kayıt yaptıramamıştı üniversiteye ve İzmir'de yaşamaya başlamışlardı. Mert iyileşip normal hayatına döndükten sonraki sene yine sınava girdi Ezgi. Yitirdiği ailesine bir söz vermişti. Aynı üniversitenin aynı bölümünü yazdı sadece tercih olarak ve yine orayı kazandı. Artık Ankara'da yaşamaya başlayacaktı. Mert'te liseyi İzmir'de bitirip birkaç yıl sonra o da Ankara'yı kazanacak ablasıyla birlikte yaşamaya başlayacaktı.

Ezgi'nin anlattığına göre bir dönem öğrenci hareketlerinin içerisinde yer almış Mert. Lise yıllarında belirginleşen asi karakteri, üniversiteye başladığı ilk yıllarda daha da güçlü bir şekilde dışa vurmuş. Soru soran, cevap bekleyen, bir şeylerin doğru olmadığına inanıp, yanlış olan şeyleri değiştirme iddiasında olan öğrencilerle, omuz omuza mücadele etmeye başlamış. Bu dönemde tabi gözaltılar, okuldan uzaklaştırmalar, takip edilmeler, karşıt görüşlü öğrencilerle edilen kavgalarda yaralanmalar ve benzeri birçok olaya karışmış, birçok sıkıntı yaşamış... Ama Ezgi kardeşinin hep yanında olmuş.

"Söylediklerine verecek cevabım yoktu," demişti Ezgi, "çünkü çoğunlukla haklıydı. Özellikle Mert daha da haklıydı, çünkü o sorularını sadece karşısında gördüğü düşünce ya da gruplara yöneltmiyordu. Kendine ve birlikte hareket ettiği, hemen hemen aynı şeylere inandığı arkadaşlarına da sorular soruyor, cevaplar arıyordu. Yanlışı kimin yaptığından ziyade yanlışın bizhati kendisiyle ilgileniyor, bu yanlış en yakın çevresinde de olsa, üstünü örtmek yerine onunla yüzleşmeyi tercih ediyordu. Zaten bu yüzden dışlandı".

Dışlanması da isabet olmuştu Ezgi'ye göre. Çünkü Mert, sunulanı sorgulamadan, olduğu gibi kabul edebilecek biri olmamış hiçbir zaman. Ailenin asi karakteri oymuş ve bu çocukluğundan beri hiç değişmemiş. Bunu çok iyi anlıyordum, hatta Mert'le aramda çok fazla ortak noktanın olduğunu hissediyordum. Bir toplulukla hareket ettiğinde eninde sonunda aklına yatmayacak, o toplulukla bağlarını koparmana neden olacak bir durumla karşılaşırsın mutlaka. Her şeye hayır derken, o toplulukla ilgili herhangi bir konuda "hayır" demen söz konusu olmaz, buna tahammül edilmez. Kendinden ödün vermen beklenir hep. Hayata dair isteklerini, beklentilerini ertelemen, gayet insani olan arzularını törpülemen beklenir. Tuhaftır. Sürüleşmeye karşı olan insanların sürüler halinde hareket ettiklerini fark edersin ve bunu dile getirdiğinde sürüden dışlanırsın. Çirkin ördek yavrusu. Hiçbir yere ait olmayan çirkin bir ördek yavrusu, hayatın engebeli yollarına vurup kendini, kıpkırmızı bir gün batımında köyü terk eder, karanlık silüeti karşıdaki dağların siluetine karışır. Köydekiler göremez, köydekiler için o çirkin ördek yavrusu artık yoktur, olmasa da olur.

Bu hikâyedeki çirkin ördek yavrusu olan Mert de içinde ve dışında yaşadıklarının ardından herhangi bir siyasi örgüt ya da toplulukla birlikte hareket edemeyeceğini çoktan anlamış ve kendini bir süredir boşladığı okuluna ve kitaplarına vermiş. Mezun olmadan önce bir edebiyat dergisinde editör olarak çalışmaya başlamış. Aynı dergide kitap eleştirilerini yazdığı bir de sayfası varmış.

Acıyla geçen yılların ardından hayatın sende her şeyin yoluna girdiği yanılsamasını yarattığı ve her şeyi alt üst etmeden önce inişler ve çıkışlar olmadan, sabit ve durağan bir şekilde devam ettiği o iğrenç zaman diliminde devam etmişlerdi hayatlarına Ezgi ve Mert.

Abla kardeş yıllarca birbirlerine sıkıca tutunmuşlardı, tutunacak başka kimseleri yoktu, seçebilecekleri başka bir hayat yoktu.

İnişler ve çıkışlar olmadan, sabit ve durağan bir şekilde. Hayatın sinsi tuzaklarından habersiz yaşıyorlardı...

"Hayat, bir müddet böyle masum bir şekilde devam eder zaten. Seni bu durağanlığa alıştırır ki sen, onun sana getirdiği acıları zamanı geldiğinde daha derinden, daha güçlü hisset, daha fazla alt üst ol, uzun süre kendine geleme" demişti Ezgi penceremin hemen kenarında, sigarasını aceleyle söndürüp bir an önce yenisini yakmaya hazırlanırken. Ay etrafını çevreleyen bulutları aşmış, denizin üzerinde parlıyordu. Oturduğum evin üzerinde bulunduğu ve denize dik ve kararlı bir şekilde inen kayalıklara vuran dalgalar homurdanıyordu sanki, bir şey anlatmaya çalışan ama sözü hiç dinlenmeyen ihtiyarlar gibi.

"Hayat bu işi çok iyi bilir dostum. Durmadan yaşattığı budur. Küçük sarsıntılar gelir önce, küçük aldanışlar, küçük kayıplar. Nasıl desem? İlk gençlik yıllarında çok seversin mesela, aşkı tanımaya başladığın zamanlar, daha hiç aldanmadığın, hiç kırılmadığın en temiz zamanlar. Sonra kırılırsın. Kırarlar çünkü. Gider başkasına güler mesela. Uzun süre gülemezsin. Gizli gizli ağlarsın. Aldandığını anlar, aldandığına ağlarsın. Sonra bir daha, bir daha derken bunu kabullenir, bu gerçekle yaşamaya alışırsın. Kolay kırılmaz önyargıların oluşur. Dışarıya ördüğün duvarlar. Aldanmaya her an hazır o saf yüreğini başka nasıl savunabilirsin? Sonra daha büyük sarsıntılar, daha büyük kayıplar gelir. Kademe kademe. Sanki büyük bir planın parçası gibi. Alıştıra alıştıra. Önceden atlattığın sarsıntıları bile aratacak kadar büyük ve güçlü gelir. Aileni kaybedersin mesela. Asla kaybetmeyeceğini düşündüğün, çocukluğundan beri yaşadığın her zorlukta yanında olacaklarına kendini koşulladığın anneni, babanı kaybedersin. Birdenbire. Böyle bir şey aklının kıyısından bile geçmezken. O an yıkıldığını, ayağa kalkmanın bir daha mümkün olmayacağını düşünürsün. Bir müddet yaralanmış gibi, vücudunun bazı uzuvlarını kaybetmiş gibi yaşarsın. Ama dedim ya, hayat bu işi çok iyi bilir dostum, bir süre sonra yeniden toparlanır ve devam edersin. Devam etmekten bile utanırsın ama hayat işte, devam edersin bir şekilde. Bunca yıkımdan sonra bile durağanlaşır hayat, normale döner. Durağanlaşmak zorundadır. Çünkü bilirsin ki, yine bir yerlerde bir işler çevirmektedir. Sen 'daha fazla ne yakabilir artık canımı?' diye sorarken kendine, o bir köşede sinsice sana vereceği cevabı hazırlıyordur. Toparlan ve daha beter yıkıl diye uygun zamanı kolluyordur. Her gün binlerce kadının, binlerce çocuğun, binlerce masum insanın yaşadıklarını düşün ve onlar bunu yaşamadan önce öylece, karlar henüz erimemişken, kendi halinde sakin bir nehir gibi akıp giden hayatlarını düşün onların. Ve kendi hayatlarımızı. Kapımızda bekleyen daha nice bela var kim bilir?"

* * *

Bütün gece yıllar öncesinden kalma sohbetleri yinelemiş, sırayla içlerimizi dökmüş, sırayla birbirimizi dinlemiştik. Joanne'le yaptığımız gibi. Kadınlar ikiye ayrılıyor demek ki benim için. Bütün kalbimle ve bedenimle ait olduğum tek kadın Çiğdem ve sadece içimi döktüğüm kadınlar, yani diğerleri. Terk edilmişken bile bu durum hala geçerli benim için. Başka bir tene dokunmak, başka bir kalbe ait olmak hala yasak, kendi kendime koyduğum bir yasak.

Ezgi'yi buraya davet etmemdeki sebep ne kadar başkaydı oysa. Onunla birlikte olacak, Çiğdem'den uzaklaşacağım yolun başlangıcı olarak kullanacaktım onu. Yapamamıştım. Dokunamamıştım, kafamdaki bu ucuz planın bir parçası yapamamıştım Ezgi'yi. Bana olan zaafını kullanmak, ona olan zaafımı, hiç eyleme dönüşmemiş, içimde saf bir halde öylece kalmış o isimsiz arzuyu bayağılaştırmak, beni daha da kötü biri haline dönüştürecekti. Bununla yaşamak, bir şeyleri daha da zorlaştıracaktı benim için. Yapamadım. Zaten saatlerce Çiğdem'i ve yaşadıklarımızı anlattıktan, bir yandan da alkolle yıkanmış içimi olduğu gibi Ezgi'ye döktükten sonra Ezgi de meydan vermezdi böyle bir şeye, içi kabul etmezdi her şeyden önce. Her şey, her zaman olduğu gibi, olması gerektiği gibiydi, aynı kalmıştı ve bu güzeldi.

"Onur sen çok seviyorsun Çiğdem'i, öfkende, siteminde, derinine gömdüğün o çaresizliğinde bile eşsiz bir sevgi besliyorsun, o kadar değerli ki bu. Sırtını dönme içindekilere, onlar senin hazinen, kendi kendine yitirme o hazineyi. Bir açıklaması vardır mutlaka, pes etme hemen. Bu kadar kolay olamaz, hiçbir kadın sevdiği adamdan bu kadar kolay gidemez, bir açıklaması var mutlaka, göreceksin" demişti.

O kadar iyi gelmişti ki bu sözler, keyiften bir kadeh daha doldurmuş, bir dikişte bitirmiştim. Yüzümde güller açmıştı. Gerçekleşmesi imkansıza yakın şeylerin gerçekleşeceğini kendi kendine söylersen üzerinde çok fazla etki yaratmaz. Kendine oynadığın oyunun farkındasındır ve bu oyundan tat alamazsın. Bu oyunun tadı iki kişiyle oynandığında çıkar. Bir başkası, imkânsız gördüğün şeylerin gerçekleşeceğini sana söylediğinde yerli yersiz bir neşeye kapılırsın, içindeki coşku tavan yapar. Geçici bir süre de olsa, tavandan tabana çakılmadan önce o küçük ihtimalin tadını doyasıya çıkarırsın. Bu da öyle bir andı. Bitmesini istemeyeceğin türden bir an.

Şimdi Ezgi'nin yokluğuyla sanki yıllar öncesine ötelenmiş, bulanıklaşmış, önemini yitirmiş bir an. Çok yakın ve bir o kadar da uzak bir an.

Şimdi içimde tarifi imkânsız bir acıyla burada yaşanan durumdan kendimi sorumlu tutmuş bir halde vicdanımla dövüşüyorum. Neden Ezgi? Neden?

Yerden kalkıyor ve müsaade isteyip camın kenarına gitme cesaretini buluyorum kendimde. Tepemde gri bulutlar, gökyüzü kışa dönmüş bir halde, bulutlar ağır ağır griden karaya dönmekte. Deniz patlayacak gibi, bir balıkçı teknesi denize açıldığına pişman, penceremde görünen adanın kıyısından dolanıp kendini bir an önce limana atma derdinde. Bu nasıl bir kasvet. Kafamı eğemiyorum aşağı, denizi dikine kesen kayalıkların azıcık berisinde, evimle denizin arasındaki o daracık beton zemine bakamıyorum, görmek istemiyorum oradaki manzarayı ama yine de dayanamıyorum. İki eli yana açılmış, yüzü yere bakar vaziyette yatıyor Ezgi, hemen şimdi doğrulacak gibi, yerden kalkmadan önce kollarıyla destek alıyor gibi sanki. Şaka yapmış ve bundan vazgeçmiş gibi yatıyor Ezgi. Yatıyor. Ve artık bir daha asla kalkamayacağını bilmiyor. Şu ana kadar bildiği ne varsa, düşündüğü, hissettiği, gördüğü ya da hatırladığı ne varsa artık hepsini unuttuğunu bilmiyor. Ruhuyla birlikte acının da bedeninin terk ettiğini, şimdi bu dünyada çürüyüp yok olmak üzere bir et yığınından ibaret kaldığını bilmiyor Ezgi.

Ezgi şimdi, acının olmadığı yemyeşil bir yerde, ruhunu bu dünyanın pisliklerinden arındırıyor belki de...

"İyilik ölüyor, hepimiz ölüyoruz."

Karakola götürülüp ifademi verdikten sonra savcının karşısına çıktım ve her şeyi en ince detayına kadar anlattıktan sonra savcıyı bir nebze de olsa ikna ettiğimden olsa gerek, tutuksuz yargılanmak üzere serbest bırakıldım. Çünkü bu durumun birinci dereceden tanığı ve de sanığı bendim, bütün oklar beni gösteriyordu.

Savcının yanından ayrılırken yanımdaki polis memuru, Ezgi'nin cesedinin hemen yakınında bulunan cep telefonu kayıtlarında inceleme yapıldığını ve kendisine sabah gelen son aramanın polis tarafından yapıldığının tespiti üzerine bu durumun sebebi araştırılarak, intihar sebebinin büyük bir ihtimalle Ezgi'nin bu aramada aldığı kötü haber olduğunu söyledi.

Bu sabah Ankara'da Beşevler metro istasyonun çıkışında bir bomba patlatılmış ve yirminin üzerinde masum insan hayatını kaybetmişti yine, polisin bahsettiği kötü haber buydu. Ne kadar tanıdık, ne kadar alışıldık bir haberdi bu artık. Sonrasında yaşanacakları bile ezbere biliyordu artık insanlar. Kötü yazılmış bir tiyatro oyunundan farksızdı yaşananlar. Artık patlama haberlerini duymaya alışmış toplum, gözünün önünde bu hayata veda eden bedenlerin, kulağının dibinde haykıran ölümlerin çok uzaklarda olduğunu sanıyordu. Saman alevi gibi kısa süreli ve ezberlenmiş tepkileri bir ritüeli uygularcasına veriyor, bir sonraki acı habere kadar yine ezbere yaşadığı hayatına kaldığı yerden devam ediyordu. Buna tahammül edemiyordum. Ülkeme döneli henüz bir ay olmuştu ve bu acıların, ölümlerin içinde buluvermiştim kendimi. Ruhumu, benliğimi, varlığımı dışarıya ne kadar kapatsam da kaçamıyordum, baktığım her yerde ölüm kanıksanacak kadar serpilmiş, dört bir yana yayılmıştı. Henüz bir ay olmuştu geleli ve hemen her gün patlayan bombalara, ölen masum insanlara tanıklık ediyordum. Evet, ölüm düşüncesi, onun soğuk nefesi bana da çok uzaktı başta, şimdiyse odama kadar girmişti işte. Önce Ezgi'nin kardeşini, sonra da bunun acısına dayanamayan Ezgi'yi almıştı. Birileri bir yerde bir ateş yakmıştı, herkes ateşin sönmesini istiyordu ama yaptıkları şeyler ateşi söndürmek bir yana daha da alevlendiriyordu. En kötüsü de kimse bunun farkında değildi. Bunu anlamıştım. Bu olay öncesinde duyduğum patlama haberlerinden kaçmak, duymak istememek çözüm değildi, gelip buluyordu işte, ben kaçtıkça gelip bir şekilde buluyordu beni. Anlamıştım, kaçmak asla kurtulmak demek değildi. Keşke insanlar da anlasaydı. Ölümün, ne kadar yakında olduğunu, anlamlı kılmaya çalıştığımız hayatlarımızın bir an gelip de ansızın anlamsızca yok olmasının ne kadar olası olduğunu anlasalardı. Bir anlasalardı. Her şey ne kadar anlamsızdı. O ateşi yakanlar kimse, yaktıktan sonra büyümesi için hiçbir şey yapmamışlardı, bir köşede oturup sessizce olan biteni izlemeye dalmışlardı. O küçük ateşi yangına çeviren bizdik. Unutarak, susarak, göz yumarak, görmezden gelerek birilerinin yaktığı ateşi yangına çeviren bizdik.

Ezgi'nin kardeşi Mert patlamada hayatını kaybedenlerden biriydi. Ölüm ne Ezgi'yi ne de bu ülkeyi bir an bile yalnız bırakmıyordu işte, ölüm dilediği yerde atıyordu voltasını. Ateş giderek büyüyor, hayatlarımızı, umutlarımızı sarıp sarmalıyor, küle çeviriyordu.

Bir sabah vakti en değerlinin ölüm haberini almak nasıl bir duygudur bilmiyorum, bilmek de istemiyorum. Ama bunu kaldırmak, bununla yaşamak ve bu acıya alışmak kolay olmasa gerek. Başkaları alışabilir belki, o ateşin tam ortasına düşüp yüreği dağlanmayanlar bu haberlere alışabilir, hayatlarına kısa bir süre sonra kaldıkları yerden devam edebilirler. Ben Ezgi'nin yerine koyamadım kendimi. Onun yerinde ben olsam, sabahın bir vakti, küçük bir kasabada, küçük bir odada artık bundan sonra yapayalnız kaldığımı, ölümün, elini göğüs kafesimi kırarak içime daldırıp yüreğimi benden söküp alarak bu gerçeği yüzüme haykırdığı, gidenlerin asla geri dönmeyeceğini beynime beynime vurduğu o anı ben yaşasam ne yapardım bilemiyorum.

Sahile indim yine. Dün Ezgi gelmeden önce vakit geçirdiğim kafeye gittim, bir çay söyledim, denize dalıp gittim bir süre. Garson televizyonu açıp kanalları gezmeye başladı. Patlamaya dair bir haber yoktu hiçbir yerde.

Aklıma Uğur geldi. Ankara'ya gitmeyi düşünüyordu. Hemen onu aradım, çok uzak sandığım ihtimaller burnumun dibinde bitiyordu artık. Neyse ki İstanbul'da olduğunu, Ankara'ya gitmekten vazgeçtiğini öğrendim. Olanları anlattım, İstanbul'a dönmem için ısrar etti, yoksa gelip zorla götüreceğini söyledi. "Tamam," dedim, "tamam, geleceğim."

Telefonu kapattım.

"Yine yayın yasağı," dedi garson, "yasaklanınca duyulmayacak sanki! Yayını yasaklayınca bir daha bomba patlamayacak sanki!" deyip gözlerime baktı onaylamamı bekleyen bir ifadeyle. Gözlerimi kapatıp hafifçe onayladım başımla. Çay bitti. Kalkmak istedim. Garson bu konu hakkında konuşmaya yatkındı, tavırlarından öyle bir hal sezmiştim. Konuşacak halim yoktu. Kimseyle hiçbir şey konuşmak istemiyordum. Susabilirdim ama, susmayı paylaşabilirdim. Uğur olsaydı şimdi yanımda, ille de bir şeyler paylaşacaksam biriyle, Uğur'la susmayı, sessizliği paylaşabilirdim şu an.

Kafeden çıktım. Yaşlıların ve balıkçıların takıldığı kahvenin önünden yürürken aklıma kola şişesi geldi, o klasik şişe. Çocukluğumun geçtiği sokağı hatırladım. Hemen karşımdaki büfeye girip bir tane aldım. Kola'yı açtıktan sonra başparmağımla şişenin ağzını kapatıp çalkalamayı severim çocukluğumdan beri. Yetişkin zamanlarıma çocukluğumdan taşıdığım tek şey budur belki de. Şişeyi iyice çalkaladıktan sonra başparmağımı serbest bırakıp şişeyi ağzıma dayarım. Ağzıma kola değil, içime çocukluğum dolar sanki, burnumdan, kulaklarımdan taşacak kadar çocukluğumla dolar içim. Çocukken bunu yaptığım zamanlara seyahat ederim o anlarda. Bunu günde en az bir kere yapmazsam bir eksiklik hissederim, korkarım. Bu dünyaya, büyüklerin dünyasına iyice alışmaktan, onlar gibi olmaktan korkarım, özellikle de kötüler gibi olmaktan.

Herkes gibi olmaktan, çocukluğuma sığınırım.

Buraya, ülkeme döndükten sonra başıma gelen de tam olarak buydu. Geldiğimden beri hiç kola şişesi çalkalamamıştım ve sonuç ortadaydı. Kötülük dört bir tarafımda cirit atıyordu.

Büfeden çıkar çıkmaz meydanda, o kahvenin önünde şişeyi açıp çalkalamaya başladım. İyice çalkaladıktan sonra parmağımı şişeden çekip püskürmeye hazır bekleyen sıvıyı ağzıma boca ettim. Genzime dolan, burnumda fışkıran kolanın verdiği his, gözümden akan yaşlar, boğazımdaki yanma, bütün bunlar yeniden çocukluğuma götürdü beni.

Babam evdeydi, gazeteyi, yumurtayı ve ekmeği almış eve doğru yürüyordum şimdi. Güzel bir kahvaltı edecektik. Babam sucuklu yumurta yapacaktı ve öğleden sonra da Galatasaray maçına gitmek üzere çıkacaktık evden. Dibimizde bomba falan patlamayacaktı, en fazla bir sokak arasından kızkaçıran sesi gelecekti.

Bütün bunlar gözümün önünden geçerken birdenbire kahkahalarla gülmeye başladım meydanın ortasında. Elimde coca-cola şişesi, üstüm başım kola olmuş bir vaziyette yere bağdaş kurup oturdum. Gözümden akan yaşlara hakim olamıyor, bir yandan da gülmeye devam ediyordum. Yaşlı amcalar kahveden çıkıp etrafımda toplaştılar. Kısa süre sonra kendime geldim.

"İyi misin evladım?" dediler, "iyiyim" dedim.

Değildim.

Her şeyin dışında, herkesin uzağındaydım.

Yerden kalkıp üstüme çeki düzen verdim ve yaşlı amcalara selam verip bara doğru yürümeye başladım. Birisiyle konuşmak istedim, öylesine şeyler konuşmak, delirmediğimi görmek, her şeyin yolunda olduğuna inanmak istedim.

Her zamanki gibi erken açmıştı Hakan, barın önündeki masada kahvaltı ediyordu. İçerden Jim Morrison'ın sesi geliyordu.

"Abim hoş geldin, çay koyuyorum hemen?"

"Olur Hakan."

Masaya oturup bir sigara yaktım. Hakan çayı koyuyordu içerde. Jim Morrison "Love Street"i söylüyordu. Bir kedi balık lokantasının önünde patisini yalıyordu, sabah sabah balık mı yenir diye geçirdim aklımdan. Oturduğum masa küçük bir aralıktan denizi görüyordu. Garip bir duygu sardı içimi. Daha dün aynı denize bakmıştık Ezgi'yle, daha dün bu kasabanın sokaklarını birlikte adımlamıştık. Muhtemelen son nefesini vermeden hemen önce de gördüğü denizi ardında bırakıp gitmişti işte. Ben denizi görmeden yapamam diyenlerdenimdir örneğin, yakınımda deniz olsun isterim hep, bu önemlidir benim için. Halbuki Ezgi denize baka baka veda etmişti bu hayata, denizin varlığı yaşama tutunma sebebi olamamıştı Ezgi için. Denize bakıyordum. Deniz ne kadar anlamsızdı şimdi, deniz denen şey ilk defa ne kadar da boş gelmişti bana.

"Abi geçmiş olsun, yolunda mı her şey? Sen iyi misin?"

"Sen ne ara duydun Hakan?"

"Abi burası küçük yer, sabah dükkanı açar açmaz öğrendim zaten. Bak şurası fırın. Sabahları kaç kişi gelir buraya biliyor musun?

"Anladım."

"Başın sağolsun abi. Ne sordu polisler?"

"Benim yaptığımı düşünmüyorsun değil mi Hakan?"

"Yok abi, olur mu öyle şey. Aklımdan bile geçirmem. Şu kadarcık zamanda bile tanıdım ben seni."

"Eyvallah Hakan. Ezgi'yi çok eskiden beri tanırım. Sevgili olmadık hiç, arkadaş desen o da değildik. Bir şey vardı işte aramızda ama ortaya çıkacak kadar güçlü de değildi hiçbir zaman. Uzun yıllar oldu görüşmeyeli. Bir şekilde görüştük işte burada, beni görmeye geldi. Geç vakte kadar sohbet ettik. O benden önce uyudu. Sonra kalktım işte sabah, sonrasını biliyorsun."

"Neden atlamış abi?"

"Sabahki patlamada kardeşinin öldüğü haberini almış telefonda. Dayanamamış, atlamış."

"Abi yetti artık bu bombalar. Her defasında aynı hikâyeler, hep aynı. Bak orada kardeşi ölüyor, burada ablası ölüyor, sana bana kadar uzanıyor işte böyle. Lanet olsun bile diyesim gelmiyor artık abi, hep aynı cümleler, hep aynı yalanlar. Yeminle bıktım abi. Almanya'ya gideceğim ben, yemin tutsun bıktım."

"Belki de artık yeni cümleler kurmak lazımdır Hakan. Gitmekle yakanı bırakmaz ki yalan cümleler. Başkalarının cümlelerine de kulak vermek, anlamaya çalışmak, hep birlikte yeni cümleler kurmak lazımdır belki de. Ezberlenmiş değil, içi yalan, öfke ve nefret dolu cümleler değil, yürekte demlenmiş, acıya, gözyaşına değmiş, onları tanımış cümleler kurmak lazımdır belki de. Bilemiyorum ki."

"Her yanımız yalan be abi."

"Har yanımız yalan Hakan. Biz gerçek kalalım. Sezen açsana bana."

"Olur abi."

"Mendirek'te bir yazı vardı, sen de görmüşsündür belki. Diyor ki 'Adının yazılı olduğu yerler var, ölmediğin'. Çok etkilendim ben o yazıdan Hakan, onu yazan adamı hafife alma. O kadar çok şey anlatıyor ki o kadarcık yazı. Ölmek bir bitiş demek değildir her zaman. Öldü dediğin şeyler aslında ölmez. En fazla şekil değiştirirler ve yine de bir gün tekrar buluşmak için seni beklerler. Bir de senin onları yaşatma durumun var tabi, onu da ifade ediyor aslında. Adını yüreğine yazdığın insanlara ölü diyebilir misin Hakan? Adını anılarına kazıdığın insanlara silinip gittiler diyebilir misin? Diyemezsin. Demeye dilin varmaz her şeyden önce ama zaten onların asla ölmeyeceklerini de çok iyi bilirsin. Kabullenemesen de bilirsin. Ama bu farklı işte. Bu iğrenç. Böylesi bir ölümü kimse hak etmez. Böylesi bir ölümün sonrasında neler hissedeceğini bile bilemezsin. Düşün. Bir sabah hiç beklemediğin anda, en sevdiğinle buluşmadan iki dakika önce mesela, derse girmeden beş dakika önce ya da ne bileyim günün ilk sigarasını yakarken tam, bir alev topu, kulağını yırtan bir gürültü, boynuna saplanan bir şarapnel parçasıyla ölmek, birilerinin bu şekilde öldüğünü bilmek iğrenç bir şey Hakan. Böyle bir hayatın neresine tutunabilirsin? İnsanların bu şekilde öldüğü, senin aklından asla çıkmayacak şeyleri birilerinin saniyesinde unuttuğu bir hayatı kendi içinde nasıl aklayabilirsin? Bu konuda hiçbir fikrim yok benim. Bazı sorular cevaplanmadıkça daha da düğümleniyor içimde. Kendime düğümleniyorum içimde, çıkamıyorum oradan Hakan. Allah'a havale etmekten de yoruldum. Kabahatli olan insan değilmiş gibi, gibi her şeyi Allah'a havale etmekten de yoruldum Hakan."

Hakan şarkıyı değiştirip yanıma gelmişti ve ben konuşurken boş boş bakıyordu yüzüme. Ne kadar sarsıldığımı anlamıştı ve söylediklerimi anlamaya çalışmaktan çok- ki çok da anlaşılır şeyler söylemiyordum- benim için endişeleniyordu, gözlerinden bunu anlıyordum.

"Sen bakma bana, saçmalıyorum. Ama gerçekten yoruldum Hakan, bir aydır buradayım ve ülkemden, insanların duyarlı görünen duyarsızlıklarından sıkıldım. Ölümün kanıksanmasından, sıradanlaşmasından utanır oldum. Anlamını yitirmiş kelimelerle bağırılan cümleler kulaklarımdan sızıp beynimi kemiriyor, ruhum daralıyor, anlıyor musun? Buraya unutmak için geldim ben Hakan, bir insanı unutmak, onu içimde öldürmek ve kendi hayatıma içimde o olmadan devam etmek için geldim buraya. Şimdi bunun çok uzağına sürükleniyorum. Elbette önemsiz değilim. Yaşadıklarım, hissettiklerim elbette değerli. Ama ben burada duygularımı öldürmeye çalışırken dışarıda insanlar ölüyor ve bu her geçen gün o kadar sıradan bir hal alıyor ki. Ben bir insanı unutmak için çabalarken bir hiç uğruna ölen insanların unutulduğunu görüyorum burada Hakan, kendimden utanıyorum. Unutmak ihanettir diyorum kendime, çünkü unutmak gerçekten ihanettir Hakan. Saçmaladığımın farkındayım. Çiğdem'i unutma çabasının ne kadar saçma olduğunun farkındayım. Neden unutayım ki? İçinde benim de olduğum o yaşanmışlıkları, o güzellikleri neden unutayım ki? Çiğdem artık benim değil diye, benim hayatımda değil diye ben o çok değerli tarihimi, yüreğimle yazdığım tarihimi neden unutup neden sileyim ki? Unutma Hakan. Çünkü unutmak hem kendine, hem de sevdiklerine ihanet etmektir. Unutma, ver her şeyin daha da kötü olacağına asla inanma."

Hakan başını salladı. Sabah sabah bunaltmıştım çocuğu. Bir de bu incelik var. Bunaltma kaygısı, üzme kaygısı. Bu inceliklerimiz kalın duvarlara çarptıkça dağılıyor, tuzla buz oluyoruz işte. Hayatımızın özeti bu.

"Estağfurullah abi, ne bunalması."

"Eyvallah," dedim ve içeri geçip bar tezgahının arkasında bir bardak çay daha koydum kendime. Duvarda sesi kısık halde açıktı televizyon. Yayın yasağı kalkmış olacak, patlamanın olduğu yerden haber aktaran bir muhabir vardı ekranda. Bir elinde mikrofon, diğer eliyle etrafı işaret ederek olayla ilgili detayları aktarıyordu muhtemelen. Etrafta insanlar vardı. Bakan insanlar. İzleyen, birbiriyle konuşan, sigara içen, kameraya bakıp gülen insanlar vardı. Orada kimse ölmemiş gibi, bir sokak çalgıcısını yahut bir sokak tiyatrosunu izler gibi olan biteni izleyen insanlar vardı. Bir aynaydı televizyon. Hepimizi gördüm orada.

Sonra ekrana bir fotoğraf geldi. Üzerinde üniforma, mahcup gülümseyen genç bir adam. Bir vesikalık fotoğraf. O anı tarif edemem. İçimin nasıl yandığını tarif edemem. Elimdeki çay bardağıyla barın ortasında kalakaldım. İstanbul'da gözaltında kaldığım gece bana çay getiren o iyi yürekli polis memurunun, Ali'nin fotoğrafıydı gördüğüm. En sevdikleriyle buluşacaktı muhtemelen. Bir iki günlük iznini geçirmek için Ankara'ya gitmişti. Sabah AŞTİ'de otobüsten inmiş, Ankaray'a binip Beşevler metro istasyonunda inmiş ve eşine, oğluna kavuşamadan oracıkta can vermişti. Yaşanacak ne varsa yaşanmadan bitivermişti orada. Oğlunun baba dediğini duyamadan, yürüdüğünü, koştuğunu göremeden, eşine bir kez daha doya doya sarılamadan, saçlarını koklayamadan can vermişti. Soğuk bir betonun üstünde veda etmişti bu hayata, beklentileri, hayalleri ve özlemlerine karışmış kanı sıcacık akmıştı soğuk betonun üstünde, ısıtamamıştı. Bana sıcacık çay getiren o elleri buz kesmişti şimdi. Düşündükçe çıldıracak gibi oluyordum. İç dünyam allak bullak olmuştu. Empati kurmak tarifsiz bir acı veriyordu, olaylardan kaçtıkça, görmezden gelmeye çalıştıkça gerçekler yüzüme yüzüme çarpıyordu. Dizlerimin bağı çözülüyordu. Çayı, içerde bir masanın üzerine bırakıp oturdum. Gözlerim bardağa kitlenmişti, nezarethanede geçirdiğim gece Ali'nin bana çay getirişi, sıcak bardak elini yaktığında yüzünün aldığı o acı ifade gözümün önünden gitmiyordu. Gözyaşlarımı tutamıyordum. Bir nevi sinir krizi gibi, hüngür hüngür ağlamaya başladım. Çay bardağına baktıkça daha da şiddetli bir şekilde ağlıyordum. Hakan koşarak içeri girdi. Paniklemiş bir halde, ne yapacağını bilemeden elini omzuma koydu. Kendimi durduramıyordum. Sıcak çay bardağını iki elimin arasında sıkıştırıp kırdım. Hakan iyice paniklemiş bir halde barın arkasına fırlayıp bir havlu getirdi ve zorla ellerimi açıp havluya sardı sıkıca.

"Neden be abi? Neden be abi?" diye bağırdığını duydum elindeki telefonla ambulansı ararken. Afallamış bir haldeydi, elleri titriyordu.

Ben hala ağlıyordum.

"Ölüyoruz Hakan. İyilik ölüyor, hepimiz ölüyoruz."

"Yüreğinden güzel şarkılar geçen adamların son bir şansı yok mudur?"

O gün Hakan orada olmasa, ben o bardağı tek başımayken kırmış olsam kan kaybından ölecektim belki de. Hakanın paniklemiş haline rağmen yapması gerekenleri soğukkanlılıkla yapması hayatımı kurtarmıştı. Bir gün Bartın'da, hastanede doktor gözetiminde kaldıktan sonra çıkmış, Amasra'ya dönmüştüm. Elimdeki kesikler çok derin değildi, iyileşmesi çok sürmeyecekti. Hakan hep yanımdaydı. Varlığına çok fazla anlam yüklediğim birçok arkadaşım yaşadıklarımdan habersizken, o berbat halimle İstanbul'a döndüğümde Uğur hariç hiç biri yanımda yokken hayatımı kurtaran, karşılıksız yanımda duran daha bir ay önce tanıdığım genç bir adamdı. İnsan bir ömür için fazla sayılacak kadar yanılıyor.

İnsan beklediklerini hiç beklemediği yerlerde buluyor.

Amasra'ya dönünce ilk iş kiraladığım odadan çıkıp, başka bir yere geçmek oldu. O odada kalamazdım artık. Hatta bu kasabada da kalamazdım yaşananlardan sonra ama kalmak zorundaydım. Burası Çiğdem'in çocukluğuydu, Çiğdem'den kopamazdım. Hayatımın bu döneminde ona yakın olmanın tek yolu buydu. Ayrıca buradan ayrılmadan önce kitabımı bitirmeli, burada geçen zamanın boşa geçmediğini kendime göstermeliydim. Eksik bile olsam bir şeyleri tamamlayabildiğimi kendime göstermeli, kayıplara rağmen ayakta kalınabileceğini görmeliydim.

Bu kadar kaybın ardından, vazgeçerek, pes ederek nasıl devam edebilirdim hayatıma?

Bir ay boyunca kiraladığım yeni evden neredeyse hiç çıkmadım. Artık yaz gelmiş ve kasaba iyice kalabalıklaşmıştı. Tek istediğim her şeyden uzak kendimle kalmak ve kitabıma odaklanmaktı. Bir ay sadece okuyarak ve yazarak geçti. Dışarıyla olan tek bağlantım Hakan'dı. Telefonumu sadece Hakan'ı aramak için açıyor, dışarıdan olan ihtiyaçlarımı ona iletiyordum. Olağanüstü bir anlayışla neredeyse her gün ihtiyaçlarımı getiriyordu Hakan, yüzünde ya da tavırlarında hiçbir sıkılma ifadesine rastlamıyordum.

Kitap beklediğimden de hızlı ilerliyordu. Ne kadar biriktirmiştim içimde, söyleyecek ne çok sözüm vardı meğer. Yazdıkça kendimi daha da tanıyordum. Hayatıma dair unuttuğum pek çok detayı yazarken hatırlıyordum. Yazmak bir bakıma kendimi de dinlemekti ve kendimi dinledikçe hatırlıyordum unuttuğum ne varsa, bir bir hatırlıyordum, tamamlanıyordum.

Odada geçirdiğim bir ayın ardından sokağa çıktım. Ülkede olan bitenden rahatsız bir kalabalık ellerinde bayrak ve dövizlerle meydanda toplanmış bağırıyordu. Sadece bağırıyor, lanet ediyor, bir çözüm sunmuyordu bu olan bitenden rahatsız kalabalık. Haksız değillerdi, lakin sadece haklı olmak bir şeyleri değiştirmiyordu. Yaşananların sebebi sadece susmak olsaydı, bu bağırmalar bir işe yarayabilirdi belki. Ama yaşananların sebebi susmak değildi. Ve ne yazık ki olanları ilk önce unutanlar, çok fazla konuşan ve çok fazla bağıranlar oluyordu.

Kalabalığın kıyısında bir duvara yaslanıp bir sigara yaktım. Her yaştan insan, farklı kıyafetler içinde, farklı yüzlerde aynı yüz ifadesiyle, aynı şeyleri haykıran çok fazla insan karşımda tek vücut halinde belli bir yöne doğru hareket etmeye başladılar. Ezgi geldi aklıma. Bir an için o kalabalığa karışmak, o rüzgâr, o insan seli nereye götürecekse oraya gitmek, kaybolmak istedim. Kalabalığın kapsayıcı ve törpüleyici gücüne teslim etmek istedim kendimi. Kendi kendime düşündüğüm ve hissettiklerimle başa çıkamıyordum çünkü, beynimde kendi kendime yürüttüğüm sorgulardan yorulmuştum.

İçimde küçük bir an için parlayıp sönen bu düşüncenin bana ne kadar uzak olduğunu elbette biliyordum. Bir an önce bu gürültüden uzaklaşmam gerektiğini düşündüm. Önce kulaklarımı, o masum ve sevimli kulaklarımı ve sonra beynimi, yüreğimi bu sinirli kalabalığın gürültüsünden uzaklaştırmalı, bir tenhaya sığınmalıydım. Baş ağrısı ya da dikkat dağılması gibi şeylerle alakalı değildi bu uzaklaşma isteği.

Gürültünün, bu kuru gürültünün doğrudan benliğimi hedef aldığını hissettim. O gürültüye biraz daha maruz kalırsam bunun sağlıklı düşünmemi engelleyeceğini, hislerimi, hatta düşüncelerimi etkileyeceğini fark ettim. Benliğimin oradaki kalabalıktan esen rüzgara kapılmasından, o gürültünün içinde eriyip yok olmasından korktum. Geldiğimden beri çok sık yaşıyorum bunu. Kendime yabancılaşıyorum. Bir saat önce içimden geçen düşünceyi, bir saat sonra yadsıyor, kendi kendime aynı düşüncenin aksini iddia ediyorum. Gürültüsünden usandığım bu tek sesli kalabalığın bir parçası olmanın eşiğinden dönüyorum her defasında.

Ruhum yoruluyor.

Beni herkesle aynı olmaya, aynı düşünmeye ve aynı şeyleri yapmaya zorlayan bu hayatla, bu sistemle hesaplaşmak istiyorum.

Yapamıyorum.

İçime sığınmaktan başka çarem kalmıyor böyle zamanlarda. İçimdeki şarkılara, iyiliğin yaralanmadığı tek yer olan şarkılara sığınıp kulaklarımı ve yüreğimi o şarkılarla dolduruyor, arınmaya çalışıyorum. "Sabah yeli ılgıt ılgıt eserken, seher vakti bir güzeli" anıyorum örneğin, "ne de olsa kışın sonu bahardır" deyip kendimi avutuyorum sonra. En umutlu şarkıları dinlerken bile baskınken karamsar yanım, yine de bir soru taşıyorum içimde:

Yüreğinden güzel şarkılar geçen adamların son bir şansı yok mudur hala?

Umarım vardır.

"Meğer ben yaşıyormuşum da haberim yokmuş..."

Buraya geleli yaklaşık iki ay olmuştu ve bu süre zarfında işler hep beklentilerimin, ya da kendimi koşullandırdığım şeylerin diyeyim, dışında gelişmişti. Evet yazdığım kitapta epeyce yol kat etmiştim, düşüncelerimi kağıtlara aktarmakta zorlanmıyordum ve yazmaktan olağanüstü keyif alıyordum. Bütün hayatımı bu şekilde geçirebilirdim. Yazmak son zamanlarda hayatımda düzgün giden tek şeydi, bir sığınak gibiydi.

Ama insanın kaçabileceği bir sığınağın olması, her şeyden korunabileceği anlamına gelmiyor. İnsan her şeyden önce kendinden kaçamıyor.

Çiğdem'i unutmaya çalışırken unutmakla ilgili duygu ve düşüncelerimdeki değişimin farkındaydım artık. Ondan kaçarken kendimi içinde bulduğum tatsız olaylar, ölümlerin, tecavüzlerin, karakolların, polislerin dibimde bitmesi, kilometrelerce uzakta da olsa Çiğdem'in her olayda karşıma dikilmesi. Tüm bunlar kaçmanın, unutmaya çalışmanın ve yok saymanın ne kadar boş olduğunu, bu şekilde sadece kendimi aldattığımı haykırıyordu bana her Allah'ın günü.

Unutmak.

Kendine ve yaşadığın hayata ihanet demekti. İhanetle ölüm arasındaki mesafeyse çok yakın aslında.

İnsanın içinde yaşadıkları, dışarıda akıp giden hayattan ayrı değildi. İçimizdeki bir çok duygunun karşılığı dışımızdaydı, bunu fark ettim. Çiğdem'e dair hissettiğim bu soylu duyguları ve tarifsiz acıları unutmak, hayata dair bütün güzel duyguları ve tüm insanlığın acılarını unutup, onlara kayıtsız kalmaktan farksızdı.

Çiğdem gibi, defterime not ettim içimden geçenleri.

Aşkla dolup taştığım, ihanetle sarsılıp derin bir acının içinde yandığım bu zaman diliminde uzay boşluğunda ya da gerçekte var olmayan, hayal ürünü bir gezegende, aşktan başka hiçbir şeyin var olmadığı, acının bile sadece aşk acısından ibaret olduğu uyduruk bir ütopyada yaşadığımı anladım. Saçmalık. Açlığın, sefaletin, sömürünün, cinayetin, tecavüzün, nefretin adım adım peşinde olduğu bir dünyada yaşadığın acının sadece bir aşk acısı olduğunu düşünmek düpedüz ahmaklık. Yaşadığın aşk acısının içinde bile bütün insanlığın acılarının gizlendiğini görememekse hepimizde bulunan kalıtsal bir körlük aslında. Unutmak. Aşık olduğun kadını, onunla yaşadıklarını, anılarını unutmak. Kendini unutmak yani. Saçmalık. Kendine dair olanı unutmak bir bakıma kendini öldürmek demektir. Kendini öldürmekse insanlığın umutlarına bir darbe daha indirmek.

Çiğdem'i unutmaya çalıştığım bu süreçte bir parçası olduğum bu hayatta yaşadıklarım, aynı hayatı paylaştığım insanların ölümü, odama kadar giren, bana dokunan ölüm, içimdeki aşk acısı bu acılardan bağımsız değil. Tam ortasındayız. Her türlü pisliğin ortasında tertemiz duygulara sahibiz ve bunun acısını çekiyoruz. Müthiş bir isyan bu, bastırılamayacak tek isyan belki de.

Sevmek.

Birilerinin kirlettiği bir dünyada, bunca pisliğin ortasında içindeki tertemiz duyguların acısını çekebilen insanlık, içindeki sevgiyle, aşkla temizleyecek bu hayatı.

Ama unutmak.

Unutmak farksız işte ölümden.

Dedim ya, unutmak insanlığın umutlarına bir darbe daha indirmek demek.

Kaçmayacaktım artık. Acımı, eksik yanımı yok saymayacak, hayatıma ve de hayata dair acıtan en küçük detayları bile unutmayacaktım. Unutmamak acıları dindirmenin ilk adımıydı belki de. Unuttukça katlanarak artıyordu acılar, unuttukça acıyordu insan.

Yazın göbeğindeydik artık ve kasaba yerli turistle dolup taşıyordu. Bu tarih itibariyle İrlanda'daki sınavlarımın da artık çoktan bitmiş olması gerekiyordu ve epeydir de annemi aramamıştım. Kısa süreliğine de olsa İstanbul'a gitmeliydim artık. Kısa bir süre kalıp, bir bahane bulup tekrar Amasra'ya dönmeli ve kitabımı tamamlamalıydım. Kendimi tamamlamalıydım.

* * *

Kısa süreli İstanbul yolculuğumda bana iyi gelen tek şey annemdi. Aslında hayatımın son döneminde bana iyi gelen tek şey annemdi desem daha doğru olur. Çünkü hiçbir şey iyi gelmediği zaman bile iyi gelen tek şey annedir.

İstanbul. O salyalı ve kocaman ağızlı, karanlık bakışlı

yaratık, kemikli parmakları ve kararmış tırnaklarıyla binlerce maskeyle kaplı yüzünü durmadan yırtan o şizofren manyak, yemekle doymayan o açgözlü ucube.

İstanbul. Bir dünya dolusu insanın aklını başından alan o güzel yüzlü kadın, geçmişten bugüne nice muktedirin iştahını kabartan o kalabalık ve bir o kadar da yalnız şehir. Göz göze geldiğimiz her an aynı cümleyi söylüyordu bana gözyaşları ve kahkahalar eşliğinde: "Defol git lan buradan!"

Umurumda mıydı sanki? Babamı da yutmuş ve hala doymamış bu zavallı şehre çok mu meraklıydım sanki?

Hayatı boyunca onuruyla, namusuyla çalışmış, kimseyi incitmemiş bir adamı, babamı, trafikte yol verme meselesinden, yol ortasında yeniyetme bir mafya bozuntusunun kurşunlarına yem etmiş bu şehrin çok mu meraklısıydım ben?

Bir topluma usul usul, incitmeden, fark ettirmeden şırınga edilen sevgisizliğin, cehaletin, sığ, yoz ve kaba bir kültürün, kendine ve etrafına yabancılaşmanın, yalnızlaşmanın birinci elden, doğrudan tecrübe edildiği, her an, her saniye yüzüme çarptığı bu şehrin çok mu meraklısıydım?

"Son bir sene anacığım. Bir sene daha sıkalım dişimizi. Şu diplomayı alıp geleyim, sonra hep beraberiz. Bir daha hiç gitmeyeceğim. Döner dönmez burada bir üniversiteye girerim, gül gibi geçinir gideriz."

"Beni bırak oğlum. Bir an önce bitirip gelin de düzeninizi, yuvanızı kurun artık. Çiğdem neden gelmedi bu sefer? Bir şey mi oldu yoksa? Kavga mı ettiniz?"

"Yok be anacığım, kurmaya başladın yine. Ne olacak ki? Çiğdem bir proje üstünde çalışıyor şu an, birkaç ülke dolaşıp projeyi bitirmesi lazım artık. Bu sene tatil yok ona. Hem niye kavga edelim anacığım, neyi paylaşamayacağız ki? Sen böyle şeyler getirme aklına, güzel anam benim."

Şeklinde detaylı açıklamalar da yapsam, annemin içten

içe bu düşünceyi besleyeceğini, en azından bunu içinde bir yerde, bir kenarda tutacağını biliyordum.

Anneler böyledir. Senin kendinden bile gizlediklerini onlar senin anlık bir yüz ifadenden sezer, doğrudan yüzüne söylerler.

Yaklaşık bir ay kadar bir süreyi İstanbul'da annemle geçirdikten sonra tekrar İrlanda'ya dönme bahanesiyle Amasra'ya dönecek ve kitabımı tamamlayana kadar orada kalacaktım. Annem iyi gelmişti. Amasra'da yaşadığım sarsıcı olayların etkisinden tam anlamıyla çıkamasam da annemle geçirdiğim günlerin dinginliği ruhuma iyi gelmişti. Her ne kadar içimde, yaşadıklarıma benzer tatsız şeyler yaşayabileceğim korkusu olsa da, yine de Amasra'ya dönmeye, Çiğdem'in, bu şekilde de olsa, yakınında olmaya ve kitabımı orda tamamlamaya kararlıydım. Korkarak ve unutmaya çalışarak yaşamaya niyetli değildim artık.

Annemle vedalaşıp evden ayrıldıktan sonra, yola çıkmadan önce bir kahve içimlik sürede Uğur'la görüştüm.

"Aşık oldum ben birader."

"Aferin, çok iyi bir halt ettin! Hangi ara becerdin peki bunu? Hayır en son bıraktığımda hayatta bezmiş bir Uğur olarak Ankara'ya gidiyordun da, o bakımdan sordum."

"Öyle deme birader, meğer ben yaşıyormuşum da haberim yokmuş."

"Evet zaten aşkın da işe yarar tek yanı bu. Yaşıyormuş duygusu yaratmak. Bir süre böyle devam eder, yaşadığını sanırsın. Sonra geçer, merak etme" dedim ve kahkahalarla gülmeye başladım Uğur'un bu aşk sarhoşu haline, "sevgi pıtırcığı seni."

"Olsun. Yine de güzel. Öyle sanmak da güzel. Ben memnunum halimden birader, uğraşma benle."

"Tamam tamam, ne halin varsa gör, kendin gör."

"Eyvallah," dedi Uğur, "sen de biraz bıraksan artık diyorum şu karamsarlığı bir tarafa. Bak insanlar yine de yürüyor, koşuyor, gülümsüyorlar. Belki durum o kadar da kötü değildir. Gülmek yeryüzünden silinmedikçe kendi hikâyemizi, o güzel ve iyi hikâyelerimizi yazmaya devam edebiliriz, değil mi?" Ses tonu eskiye kıyasla daha bir coşku yüklüydü.

"Ah aşk! Sen yok musun sen!" deyip gülümsedim Uğur'a.

Mutlu hissettim. Uğur mutluydu ve o mutluluğu benden esirgemeyecek kadar cömertti. Dost dediğim birçoğundan farklıydı işte. Her koşulda koşulsuz yanımda olmasından bahsetmiyorum sadece. İçindeki duyguları gizleyemeyen, orada saklı tutamayanlardandı Uğur. Ve onun iyi ya da kötü her hali, onunla geçirdiğim zamanlarda bana da işliyor, tam tersi duygularım bir anda onun duygularına dönüşüyordu. Mutsuz ve umutsuzsam, Uğur'un umut dolu bir cümlesiyle yüzüm gülüyordu. O mutsuz olduğu zaman, en mutlu olduğum anların en ufak bir değeri bile kalmıyordu gözümde. Biz içimizdekileri bölüşmekten kaçınmıyor, en içerdeki duygularımızı birbirimizden sakınmıyorduk.

Sanırım buna dostluk diyoruz.

Elimde kahve, bir sigara yakıp yüzümü caddeye çevirdim.

Adamın biri değişik renkli sapları olan selfi çubuklarından satıyordu. Takım elbiseli bir kadın koşar adım birine ya da bir şeylere yetişmeye çalışıyordu. Tramvay kimseye çarpmak istemiyor, mütemadiyen insanlara sesleniyordu ziliyle. Sırt çantalı çocuk beklettiği kız arkadaşının alnına bir öpücük kondurup gönlünü alıyordu. Döner kesen amca alnında biriken teri siliyordu havlusuyla, kocaman gözlü bir çocuk onu izliyordu. Burnuma nereden geldi bilmiyorum, yumuşacık, iç serinleten bir lavanta kokusu geldi, halamı hatırladım. Çocukluğumun yazlarını geçirdiğim o bahçeli evi, o çok uzak, o çok güzel günleri hatırladım. Dönercinin yanındaki müzik marketten dışarı Nilüfer'in sesi taşıyordu, "ara sıra bazı bazı gelsen bile gönlüm razı" diye sesleniyordu Nilüfer sevdiğine. Zihnimde aslında azla da yetinebilen varlıklar olduğumuzu yoğuruyordum, neden öyle kalamıyorduk?

Bir şarkıyla ömrün bütününde yolculuğa çıkmak mümkündü. Birinin gülüşüyle yaşadığın bütün kötülükleri silebilirdin. İçindeki sevgiyi unutmadığın sürece nefretten uzaktın ve temiz duyguları asla ele geçiremezdi kötü niyetler. İnsan, o iyi, o temiz ve sevgi dolu insan, farkına varabilseydi keşke bu acımasız dünyanın karşısında aslında ne kadar güçlü olduğunun.

Farkına varabilseydi keşke ve değişmeseydi, iyilikten hiç vazgeçmeseydi.

"Ne zaman çıkıyorsun yola? Ne zaman döneceksin?"

"Birazdan çıkarım Uğur. Kitabı bitirene kadar oradayım, sonra ne yaparım bilmiyorum. Muhtemelen İrlanda'daki okulunu bitirip diplomasını almış bir Onur olarak döneceğim buraya, bir süre sonra da bir üniversitede ders vermeye başlayacağım. Yani annem bu şekilde bilecek, ama ben gerçekte ne yapacağım bilmiyorum. Şimdilik buna kafa yormak istemiyorum. Kitap bir bitsin, ben biraz toparlanayım, sonrasına bakarız."

"Bir ihtiyaç olursa, biliyorsun."

"Biliyorum kardeşim, çok iyi biliyorum. Eyvallah" diyerek ayrıldım Uğur'un yanından.

Güneşli bir Eylül günü Boğaz Köprüsü'nün üzerinde, tekrar Amasra'ya doğru yol alırken Çiğdem'i düşündüm. Şu an ne yapıyordu? Beni düşünüyor muydu mesela, ara sıra da olsa aklına geliyor muydum? Mutlu muydu? Beni unutmuş muydu? Beni ona götürecek bir tek köprü bile kalmamış mıydı şimdi aramızda? Bir başkasının gelip de yıllarca birlikte kurduğumuz, birbirimize sıkıca bağladığımız köprüleri yıkması nasıl bu kadar kolay olabilmişti?

Köprüyü geçtim.

Annem muhtemelen balkonda kahvesini içiyor, boğazı izliyordu. Karşımdan esip arabamın camına çarpıp geçen ılık rüzgar muhtemelen onun yüzüne değiyordu şimdi.

Arkama bakmadım.

"Bir şarkının en güzel yerinde susan adamın da bir hikâyesi vardır elbet..."

Akşam vakti Amasra'ya vardığımda hemen çalışma masama geçip, İstanbul'dayken kitabımla ilgili aldığım notları bilgisayara geçirmeye başladım. Hevesle oturduğum masanın başından kalkmam çok uzun sürmedi. Nedense çalışmak gelmedi içimden, kendimi zorlamadım. Çiğdem'in, cüzdanımdaki vesikalık fotoğrafını çıkarıp masamın üstüne koydum. Uzun uzun baktım. Vesikalık fotoğraflarda saklı soğuk resmiyetin uzağındaki muzip gülüşü ne çok şey hatırlattı bana. Ne çok şey yaşamıştık, biz ne çok bağlıydık birbirimize. Fotoğrafa bakıp hatırladıkça güldüğüm, keyif aldığım anılara hüzün de eşlik ediyordu.

Dışarı çıkıp sahile inmeye karar verdim.

Biraz kendimle kalmak, geçmişe yol almak, unutulanları hatırlamak için. Yad etmek için, iyi kötü ne varsa yad etmek, içimde hüznü ve sevinci uyandırıp bir araya getirmek için. Hüzün ve sevinç, iki düşman dost, içimde kol kola yürümeyi öğrensinler diye.

Büfeden iki şişe bira alıp kumsala indim. Deniz kenarına geldiğimde suyun dinginliğiyle büyülendim. Kıyafetlerimi çıkardım ve hayatımda ilk defa denize giriyormuşum gibi yüzmeye başladım. Ne kadar kulaç attığımı hatırlamıyorum. Nefes nefese kalıp kulaç atmayı kestiğimde sahilden epeyce uzaklaştığımı gördüm. Suda sırt üstü yatıp yıldızları izledim bir süre. Suyun içinde, üzerimde sonsuzluk, herkesten uzakta, bir başıma. Ve aklımda hala Çiğdem... Gözümün önünden gitmeyen duru gülüşüyle Çiğdem. Unutamadığım, asla unutmayacağım Çiğdem. Gülümsedim. Ilık bir rüzgâr yüzümü okşayıp gitti, bir şeylerin iyileşebileceğine inanmak istedim. Bu dünyanın bütün pisliklerinden arınabileceğine inanmak istedim o an. İçimde kusursuz bir huzur vardı. Bir an için gelip, hemen giden türden değil, ya da yerini hemen kaygılara bırakan türden bir yanı eksik bir huzur hissi değil bahsettiğim. Tam anlamıyla huzur. Sadece o ana takılıp kaldığın, sonrasında seni neyin beklediğine kafa yormadan, iliklerine kadar hissettiğin türden bir huzur. Saç tellerinden ayak tırnaklarına kadar yayılıp seni ele geçiren, içini temizleyen bir huzur.

Sahile dönüp biramı açtığımda arka taraftan kulağıma bir şarkı çalındı, tanıdık bir şarkı. Saat gece yarısına yaklaşıyordu ve usul usul, derinden derinden sahile yayılan bu şarkıya eşlik eden birinin sesini de ayırt ettim bir süre sonra. Arka tarafa baktığımda, kumsalın hemen bitimindeki küçük çay bahçesinde yanan tek ampulü fark ettim. Bir ipin üzerinde sallanan, düşük wattlı, sarı renkli bir ampul ve ampulün altında boş bir ahşap sandalye...

Tambur sesine bıraktım kendimi, içimdeki huzur katlanarak büyüyordu.

Geçen yaz turuncu bir Ege sabahında, Çiğdem'le günün ilk ışıklarında Datça'ya varmak üzereyken radyoda karşımıza çıkmıştı bu şarkı. Kim söylüyordu, şarkının adı neydi bilmiyorduk. Sözleri telefona not etmişti Çiğdem. Şu an hissettiğim huzura yakın bir duyguya kapılmıştım o sabah şarkıyı ilk duyduğumda. Kürdilihicazkar. Hüznün ilmek ilmek işlenip, el işi bir dantel gibi yüreğine örtüldüğü bu makamın en güzel, en sade ve de en güçlü örneklerinden biriydi şarkı. Hüzünlü bir şarkıydı ama bir o kadar da mutluluk yayılıyordu şarkıdan. Şarkı ilerledikçe içim nedensiz bir coşkuyla doldu. Notalardan sızıp içime işleyen acıdan, özlemden ve de tutkudan buruk bir keyif alıyordum. Tertemiz bir sevgi vardı o melodinin içinde, o tertemiz sevgilerin hala mümkün olduğunu gösterdiği için keyif almıştım belki de. O tertemiz duygular bir sabah vakti bir radyo sayesinde bile olsa gelip bizi buldu diye teslim olmuştum o nedensiz coşkuya.

Beni kör kuyularda merdivensiz bıraktın,
denizler ortasında bak yelkensiz bıraktın.

"Olsun be!" deyip buruk bir tebessüme sığınmak gibi bir şeydi bu şarkıyı dinlemek. Dört bir yanında dert tasa varken bile tebessüm eder geçersin ya hani, öyle bir duygu. Fırtınaların karşısında bir tebessümle ayakta kalırsın ve insanın ayakta kalabildiğini görmesi, içinde bunun coşkusunu hissetmesi çok da yabana atılır bir şey olmasa gerek.

Çünkü dünya yangınların, yıkımların yaşandığı bir yerdir ve ayakta kalan kişi kendi kendine bununla övünürken çok da haksız değildir.

Şarkı bitti ve kısa süreli bir sessizliğin ardından tekrar

başladı. Aynı tambur sesi. Orada biri vardı. Muhtemelen kumsalla çay bahçesi arasına çekilmiş bir set vazifesi gören küçük çalılıkların arkasında kalıyordu onun oturduğu sandalye, göremiyordum. Aynı şarkıyı dinleyip duruyordu. Kendi sesi de ara ara karışıyordu şarkıya. Merak ettim. Denizden biraz uzaklaşıp kumsalın orta kısmına doğru ilerleyip oturdum. İkinci biramı içiyordum ve son zamanlarda hiç bu kadar keyifli olduğumu hatırlamıyorum. Yaşlı ve yorgun bir ses eşlik ediyordu şarkıya. "Beni kör kuyularda merdivensiz bıraktın" diyordu, o kısmı söylüyordu sadece. Şarkının tepe noktasına ulaştığı, son darbeyi indirdiği kısımda susuyordu. "Denizler ortasında bak yelkensiz bıraktın" demiyordu. Dinliyordu ama, o kısmı ısrarla söylemiyordu. Üçüncü, dördüncü, beşinci dinlemede de durum değişmedi. Orada, bir çay bahçesinde, çalılıkların ardında oturmuş saatlerce aynı şarkıyı, tek bir şarkıyı dinleyen bir adam vardı ve adam dinlediği şarkının bir kısmını ısrarla söylemiyor, oraya gelince susuyordu.

Bir şarkının en güzel yerinde susan adamın da bir hikâyesi vardır elbet dedim kendi kendime. Bir insan bir şarkının en güzel yerinde susuyorsa orada yitirilmiş bir şeyler vardır, bir şeyleri yitiren insanların da hikâyeleri vardır. Acı hikâyeleri.

Yanına gitmek istedim, gidemedim. O hikâyenin içinde dolaşıyordu belki de. Acı çekiyordu ama yitirdiği o hikâyede dolaşmakta buluyordu belki de huzuru, onu bozmak istemedim. Biram bitti. Toparlanıp ayrıldım kumsaldan. Yola çıkıp çay bahçesinin yanındaki kaldırımdan kaldığım eve doğru yürümeye başladım.

"Ateşin var mı evlat?" diye seslendi biri. Çay bahçesine doğru uzattım kafamı. Oradaydı. Bembeyaz sakalları ve kemikli yüzüyle bana bakıyordu elinde yanmayan bir sigarayla. Şarkı devam ediyordu.

"Tabi, buyrun."

"Teşekkür ederim. Seviyorsun galiba bu şarkıyı?"

"Ha, evet, çok severim," dedim. Demek farkımdaydı, kumsaldaki hareketlerim gözünden kaçmamıştı.

"Ben de severim. Çok şey hatırlatır. Acı verse de unutmaktan iyidir hatırlamak. Kendini kendine anlatmak, kendini kendinle sınamaktır. Yoksa eksik kalırsın. Bugün dediğin şey, bugün diyerek yaşadığın her gün eksiltir seni. İnsanı tamamlayan dündür. Dünü unutmamak lazım."

Bu cümleler aramızda daha derin bir bağ kuruyordu sanki. Önce şarkı, sonrasında bu adamın söyledikleri, ne kadar bana aitti, ne kadar da bendendi. Birini unutmak için buralara gelen ben, unutmamanın değerini kavrıyor, acı da verse bana ait olan her şeye sahip çıkmayı öğreniyordum. Çiğdemsiz kalmış, eksilmiştim. Ama unutmadıkça, yaşanmışlıklarıma dair ne varsa hatırladıkça tamamlandığımı hissediyordum.

Hayat ne uzun bir yoldu.

Sona geldiğimde, son nefesi vermeye hazırlandığımda bile aslında daha en başında olduğumu fark edecektim belki de.

Böyle düşününce bir çok şeyi anlamlandırıyorsun beyninde. Böyle düşününce ne kadar boş şeyle uğraştığımı fark ettiğimi de söylememe gerek yok.

"Küçücük ellerini hatırlıyorum kızımın. Şuralarda koşup dururdu işte. Yıllar oldu görmedim. Gelmiyor. Ara ara konuşuyoruz, halimi hatırımı soruyor ama hep o soğukluk, o mesafe, o buz dağı var aramızda. Biliyorum, olan biten her şey için beni suçluyor. Gelmiyor. Gelmez de. Bir görsem başka ne isterim? Güzel kızım benim, bir görseydim, sadece bir an. Neler vermezdim"

Şeref Baba, doğma büyüme Amasralıymış. Hep burada yaşamış. Türkiye Taş Kömür Kurumu'ndan emekli olduktan sonra bir süre balıkçılıkla uğraşmış.

"Balık mı bıraktı troller" diye serzenişte bulunuyor, "onun da tadı kalmadı." Şimdilerde bu çay bahçesini işletiyormuş.

"Geceleri sadece benimdir burası evlat, bana çalışır. O kadar da saltanatımız olsun değil mi?"

Uzun uzun konuştuk Şeref Baba'yla. Konuştuklarında beni içine çeken bir şeyler vardı. Normalde bu konuşmalardan sıkılmam gerekirdi çünkü bir insanla uzun uzun konuşabilmem için kendimi o insana yakın hissetmem gerekir. Başka türlü kolay sıkılırım, konuşmayı gereksiz bulurum. Şeref Baba ilk gençlik yıllarından, o dönemin Amasra'sından, eşiyle ilk tanışmasından ve kızından bahsetti. Gözleri parlıyordu. Gözlerindeki ışık içindeki burukluğu gizleyemiyordu. Eşinden ayrıldıktan sonra çocuğundan da ayrılmıştı Şeref Baba, yıllarını bu küçük kasabada yapayalnız geçirmişti. Kızının sadece çocukluk dönemine tanıklık edebilmişti. Eşi Amasra'yı terk ettiğinde kızı ortaokulu bitirmek üzereydi. Kızını da alıp beraberinde götürmüştü eşi. Bu ayrılıkta hatalı olan, sorumlu tutulan taraf Şeref Baba'ydı, kızı öyle biliyordu ve Şeref Baba bunun aksini ispatlamaya çalışmamıştı hiç. Karşısındaki kişi de en nihayetinde kızının annesiydi ve o hep susmayı tercih etmişti. Zaten bana da hiçbir şey anlatmadı Şeref Baba, kendini aklamaya çalışmadı. Bir başkasının gözünde haklı çıkmak için kendini paraladığı zamanları çoktan geride bırakmıştı. Yitirilmiş ve artık yerine yenisi konamayacak onca yılın ardından haklı ya da haksız çıkmak da önemini yitiriyordu. Şeref Baba bunun karşımda duran canlı bir örneği gibiydi. Boş vermişlik değildi bu, daha ziyade, kendisiyle yeterince dalga geçmiş bir hayatla Şeref Baba'nın kendi dalgasını geçme şekliydi.

Öte yandan bu hikâye bana çok tanıdık geldi. Her kelimede kafamdaki soru işaretleri daha da büyüyordu. "Acaba," diyordum "acaba ben de bir parçası mıyım bu hikâyenin?" Amasra'ya gelişim tesadüf değildi, Şeref Baba'ya duyduğum yakınlık da pekâlâ tesadüf olmayabilirdi.

Dayanamadım, zaten cevabını bildiğim bir soruyu sorar gibi kızının adını sordum Şeref Baba'ya. Derin bir iç çekti.

"Çiğdem," dedi, "yurtdışında yaşıyor. Yüksek tahsilini yapıyor. Bir daha da döneceğini sanmam artık, kurmuştur düzenini orada. Annesi vefat etti, ben de yok gibiyim zaten onun için. Eski bir hikâye, eski bir yara. Dönmez herhalde. Daha da göremem artık. Ne yapalım. İyi olsun da."

"Öyle," dedim, başka söz bulamadım. Bir yitirişi, kaybı paylaşıyorduk Şeref Baba'yla, adı Çiğdem olan devasa bir kayıptı bu, ikimize de fazlasıyla yetiyordu.

Yerinden kalktı ve büfe kısmına geçip birer çay bardağı rakıyla geri döndü Şeref Baba, Münir Nurettin Selçuk aynı şarkıyı söylemeye devam ediyordu.

Başı önde, bardağını bardağıma değdirdi ve bir dikişte bitirdi rakısını, bir sigara daha yaktı.

"Nefes almanın bile içini yaktığı zamanlar vardır evlat," dedi, "aldığın her nefeste kora dönen sadece sigara değildir."

“Nerede depolanır ki bu ölü telefon numaraları?”

Şeref Baba'yla tanıştığım o akşamın ardından uzunca bir süreyi yine çoğunlukla evde geçirdim. Artık iyiden iyiye kendini hissettirmeye başlayan sonbahar, yaprakların değişmeye başlayan renkleri, azalan insan sesleri, el ayak çekmeye başlayan turistler ve kasaba yerlisinin yüzünde hüzne benzeyen o ifadenin yavaş yavaş geri dönmesi. Bunlar olmasa belki de hiç çıkmazdım ama sonbahar ve beraberinde getirdikleri, çok istemesem de zaman zaman beni dışarı çekmeyi başarıyordu. Fena da olmuyordu. Yazdıklarımdan kısa süreliğine uzaklaştığımda, bilgisayar başında göremediğim detayları, o ekranın başından kalkıp uzaklaştığımda daha net görebiliyordum.

Artık tamamen kitabı bitirmeye odaklanmış bir şekilde, delirmiş gibi durmadan yazıyordum. Yazdıklarımı siliyor, kitabımın kurgusunu değiştiriyor, hatta canımı sıkan karakterleri romandan tereddütsüz kapı dışarı ediyordum. Çok fazla yaşanmışlık sinmişti romana ve bu da yarattığım karakterlerle sıkı bağlar kurmamı kolaylaştırıyordu. Bir karakterin herhangi bir olay karşısında tamamen kontrolümün dışında verdiği tepki canımı sıkabiliyordu. Aklımın ucundan bile geçmeyen şeyler söyleyen karakterlere düşman kesiliyor, onların canını yakacak şeyler yazıyordum. Uzunca süren bir hesaplaşmanın ardından bütün yazdıklarımı siliyor, bazen karakterle barışıyor, bazense hayatımdan ve kitabımdan çıkarıyordum onları. Zaman böylece akıp geçti ve yaklaşık dört aylık bir sürenin sonunda kitabımı tamamladım.

Şimdi ne yapacaktım? Kitabı bir yere yollayacak mıydım, yollayacaksam da nereye yollayacaktım? Bir başkasının, bir yayın yönetmeninin ya da editörün görmesini gerçekten istiyor muydum emin değildim. Basılması çok mu önemliydi? Bir yayınevinin değerlendirmesine, onların değer ya da değmez görmesine ihtiyacı var mıydı yazdıklarımın? Kitabımın değerini başkaları mı belirleyecekti? Gereken değeri verdiler diyelim, ben yazdıklarımı insanlarla paylaşmaya, yaşanmışlıklarıma onları da ortak etmeye hazır mıydım?

Bilmiyordum.

Kitabı bitirdiğim günün gecesinde yatağımda gözlerim tavanda bu sorularla boğuştum bir süre. Şu an bir karar vermemek, bir süre beklemek isabetli olacaktı. Çok sevmesem de, beklemenin bazen işe yaradığını görmüştüm. Bu sefer de beklemeyi tercih ettim.

Ertesi gün öğlene doğru kahvaltı için çay bahçesine gittim. Şeref Baba son derece enerjikti, yüzünde güller açıyordu. Bir masadan diğerine koşuyor, az sayıdaki müşterilerine cömertçe gülücükler dağıtıyordu. O düşünceli, dalgın haller yerini neredeyse kontrolsüz bir enerjiye, seri eklem hareketlerine ve çocuksu, ferah bir gülüşe bırakmıştı.

"Hayır mı Şeref Baba?"

"Hayır evlat, hayır" dedi, ağzı kulaklarında.

"Çiğdem aradı. Bitirme tezi mi ne, onunla uğraşıyormuş, biter bitmez gelip beni göreceğini söyledi. Özledim dedi. İlk defa özledim dedi. Seni seviyorum dedi. İlk defa seni seviyorum dedi. Ben diyemedim. Her şeye rağmen seni seviyorum dedi. Ben sustum. Özlemiştim ama sustum. Çok seviyordum ama söyleyemedim. Dilim tutuldu, gözlerim doldu da gözyaşlarım boğazımda birikti sanki, sesim çıkmadı. Gel kızım diyebildim sadece, gel artık diyebildim. Geleceğim dedi. Kapattı. Önce anlam veremedim. Yani yıllar sonra nedendi bu cümleler? Özlediğini, beni sevdiğini söyleme gereğini neden duydu? Sonra buna takılmanın da anlamsız olduğunu düşündüm. Babasıyım sonuçta, sevecek, özleyecek tabi. Ne var ki bunu dile getirmekte, ne zararı var? İçinden gelmiş söylemiş işte. İşte Onurum, önce bir sersemledim ama şimdi gördüğün gibiyim. 20 yaşındayım şu an, hayata gözlerimi yeni açmış gibiyim. Daha yürüyecek çok uzun yolumuz var."

Güzel bir kahvaltı tabağı koydu önüme Şeref Baba. Demek gelecekti Çiğdem? Ne zaman gelecekti? Öylesine mi söylemişti yoksa büyük bir haber vardı da o yüzden mi gelecekti? Belki de evlenme kararı almıştı. Temiz bir sayfa açıyordu hayatına ve bu sayfada babasına da yer verecekti. Bir tek ben yoktum o sayfada, bir tek bana yer yoktu. Ağlamak istedim. Çiğdem'in doğduğu kasabada, hatta babasının yanındaydım ve ona en uzak olan da yine bendim. Gözkapaklarım morarıp patlayana kadar ağlamak istedim.

Şeref Baba çayı ve sigarasıyla gelip masama oturdu. Ağzı kulaklarındaydı hala ve söylediği gibi en fazla yirmi yaşında gibiydi. Öyle değilse de benden daha genç, daha mutlu ve daha umutlu göründüğü kesindi.

Bacak bacak üstüne atıp, keyifle bir sigara yaktı.

Benim içimdeyse bir burukluk vardı evet, yadsınamayacak kadar güçlü bir burukluk ruhumu çevrelemişti. Geç kalmışlık hissiyle doluydum ama Şeref Baba'nın neşesine, gözlerinden yayılan coşkuya kayıtsız kalamıyordum yine de. Her şeyin güzel olacağını söyleyen bir dost gibiydi gözleri, o tanıdık hissi yaşıyordum yine Şeref Baba'nın gözlerine baktıkça. Güzel günler çok uzaktı artık, bunu biliyordum ama Şeref Baba'nın gözleri aksini iddia ediyordu işte, "güzel günler" diyordu, "o güzel günler gelecek evlat. Göreceğiz. Bu motorları şu tertemiz maviliklere süreceğiz" diyordu. Ya da ben öyle okuyordum. Ne bileyim. İçim bir tuhaftı işte. Kendi üzerimdeki kontrolü yitirmiştim belki de. İyimser ve kötümser yanlarım da kendi kafalarına göre takılıyorlardı artık, birbirleriyle çekişip duruyor, sırayla kaybedip kazanıyor, kendi aralarında eğleniyorlardı. İçimde olan bitenden hoşnut olmayan sanırım bir tek bendim.

Şeref Baba cebinden gümüş bir sigara tabakası çıkarıp bana uzattı.

"Bunu al evlat. Rahmetli dedemden kalmadır bu tabaka, böylesi işlemeler kolay bulunmuyor artık. Ben bugünü hatırlamak, bu mutluluğumu hatırlamak isterim hep. Bunun için de, bu güzel anı unutmamak için bir çentik atmam gerekir bugüne. Sana verdiğim bu hediye bugüne atılmış bir çentiktir. Bugünü unutacak olsam bile günün birinde bir sigara tabakasını gördüğümde sana verdiğim hediyeyi, dolayısıyla da bugünü hatırlarım. Hediye vermeyi bu yüzden severim. Hediye vermek unutmaya karşı durmaktır bir bakıma. Hatırlamak ve hatırlanmak içindir."

Hediye vermeye yüklenen bu anlam çok derindi. Sadece kendi için önemli olan anları hatırlamak için değildi bu elbette. İnsanların gündelik hayatlarında küçük de olsa bir yer tutmak, belleklerine zerre kadar da olsa girmek gibi bir kaygısı da vardı Şeref Baba'nın belli ki. Hatırlanmak isteği. Zaman zaman da olsa birilerinin hatırına gelmek, hiç ölmemek demekti.

Ölümsüzlüğün, unutulmamanın formülünü bulmuştu Şeref Baba.

Unutmakla, unutulmakla ilgili derdi olan bir insan için, bu ne güzel bir karşı koyma şekliydi. Unutulduğunu düşünen bir insandı Şeref Baba ve hatırlanmak istiyordu. Demek çok fazla unutulmuştu. Demek o kadar unutulmuş, o kadar göz ardı edilmişti ki, hatırlanmak için kendince kıyasıya bir mücadeleye girişmişti. Geçmişten bugüne sahip olduğu her obje bu mücadelede kullandığı silahlardı bir bakıma. Hedefi on ikiden vuran zararsız silahlar.

Hatırlanmak için insanlara hediyeler veriyordu. Hayatın içinde sürekli karşılaşacağın, karşına her yerde çıkabilecek türden objeleri bir hikâyeyle birlikte, o objeye küçük ama derin anlamlar katarak veriyordu Şeref Baba ve bu şekilde dünden bugüne bir köprü kuruyor, hayatlarda bir yer buluyordu kendine.

Günün birinde bu sigara tabakasını kaybetsem bile, bir arkadaş ortamında belki daha basit, daha zevksiz bir sigara tabakası görsem ya da bir müzede, ya da herhangi bir mağazada, herhangi bir yerde görsem ya da en azından bir tabaka mevzusuna denk gelsem, nasıl hatırlamam Şeref Baba'yı bu saatten sonra? Onunla yaşadığımız bu anı, keyifle o tabakanın hikâyesini anlatırken yüzünün aldığı o sevimli şekli nasıl hatırlamam? Bir sigara tabakasına dair başka bir şey hatırlayabilir miyim Şeref Baba'dan başka? Sanmıyorum.

"El örgüsü bir çorap, organik diş macunu, kendi yaptığım domates kurusu ya da sana verdiğim el işlemeli gümüş tabaka. Hepsinin hikâyesi vardır Onur, hikâyesi olmayan hediyeler vermeyi sevmem. Çünkü sana verdiğim şeyi kaybedebilir ya da tüketebilirsin. Ama hikâyeleri kaybedemezsin Onur, hikâyeleri tüketemezsin. Ve ne zaman konusu açılsa orada beni de hatırlarsın. Birinde gümüş bir tabaka görsen, bir yerde tabaka konusu açılsa beni hatırlarsın. Ben bu yüzden severim insanlara hediyeler vermeyi. Böylelikle onların hayatında yer eder, hayatları boyunca belli zamanlarında da olsa hatırlandığımı bilirim."

Bir sigara daha yakıp yüzünü denize doğru çevirdi. Hafif bir rüzgar üzerimizdeki çınar yapraklarını titreterek uzaklaştı.

"Hatırlanmak istiyorum Onur. En değerlilerim beni unuttuğu için belki de, en azından hayatıma kısa süreliğine de olsa dokunmuş insanlar beni hatırlasın istiyorum. Şu kısacık hayatta bana nimet gibi sunulmuş güzel anlar hatırımdan hiç çıkmasın istiyorum, çok mu? Şu an mesela. Kızımdan duyduklarımı, o anki mutluluğumu genç bir adamla paylaştığım bu güzel an hiç ölmesin istiyorum, çok mu?

Bu da benim hilem işte. Beni biraz da olsun teselli eden masum bir hile. Unutmaya attığım kıvrak bir çalım bu. Ama masum işte. İlkokul sıralarında kalmış muzip bir gülüş, ilk aşkımın yüzündeki utangaç ifade kadar masum."

"Ne güzel bir hileymiş," dedim. "Çok teşekkürler Şeref Baba. Senin için bu kadar güzel bir günde yanında olmak, bu anının bir parçası olmak benim için büyük mutluluk. Mahcup ettin beni. Bu kadar anlamlı bir hediye almak da cabası. Çok teşekkür ederim." deyip, mendirekte biraz yürüyüş yapmak üzere ayrıldım çay bahçesinden.

Sahilde bir müddet yürüyüp balıkçı lokantalarının önündeki çekeklere geldiğimde geriye dönüp Şeref Baba'nın çay bahçesine doğru baktım. Bütün bir sahil boyunca tek bir yaprak bile kımıldamıyordu. Kumsalda bir iki tane köpek yiyecek bir şeyler aranıyor, birkaç balıkçı ağ tamiratı yapıyor, birkaç martı balık bulmak ümidiyle suya yakın uçuyordu.

Şeref Baba ayakta, kısa aralıklarla büfe kısmına girip çıkıyor, yerinde duramıyordu.

Birdenbire beynimde bir şimşek çaktı. Bu işte bir tuhaflık vardı. Çiğdem gibi ketum bir insan yıllar sonra, durduk yerde, annesinin yaşadıklarından sorumlu tuttuğu babasını arayıp neden "seni seviyorum" demişti ki? Şeref Baba bunun üzerinde durmamış, o anın büyüsüne kapılıp, konuyu deşmemişti. Bense ilk duyduğumda olanca duygusallığımla bir anda evlendirivermiştim Çiğdem'i. Belki de olan biten böyle değildi. Ciddi bir sorun vardı belki de ortada, ciddi bir sorun bütün bu olanların, yaşananların sebebi olabilirdi. Taşlar yerine oturabilirdi. Yine de tahmin ettiğim gibi olmasını diledim. Ciddi bir sorun olacağına bir başkasıyla hayatını birleştirsin, mutlu olsun, bunu yeğlerdim. Ama içime kurt düşmüştü bir kere. Bilmeliydim. Durduk yere yapılan bu telefon görüşmesinin altında ne yatıyordu öğrenmeliydim, başka türlü rahat edemezdim.

Bütün cesaretimi toplayıp Çiğdem'i aradım. Ses tonu. Duymalıydım. Duysam yeterdi. Ses tonu çok şeyi ele verir. Ses tonu çoğu zaman bir hikâye anlatıcısıdır. Okuyabilen için en gizemli hikâyeler, insanların ses tonunda gizlidir.

Telefonu kullanım dışı. Muhtemelen hattını değiştirdi. Geçmişle bağlarını koparmanın en bildik yöntemi, ilk hamle. Nerede depolanır ki bu ölü telefon numaraları? Üzerinden belli bir zaman geçtikten sonra başkalarına verildiğini biliyorum. Peki önceki sahiplerinin o numaralarla yaptıkları konuşmalara ne oluyor? Yok mu oluyor onlar tamamen? Baz istasyonlarında saklanıyor mudur mesela bu numaralarla yapılan konuşmalar? Yoksa buharlaşıp göğe mi yükseliyor o özenle seçtiğimiz kelimeler, sevgi sözleri, hıçkırıklar? Öyleyse kusursuz bir cinayet bu. Çağımızın en kusursuz cinayeti. Hepimiz kendi kendimizin katiliyiz demek ki, bütün yaşanmışlıklarımızın, bütün anılarımızın, cümlelerimizin katiliyiz. Kendi kendimizin meçhul failiyiz. Bu cinayetin cezası yok çünkü, ortada delil yok, yok sayılan yaşanmışlıkların, artık silinmiş cümlelerimizin hesabını, biz dahil, soran kimse yok.

* * *

Bu durumda arayabileceğim tek kişi kalıyordu geriye, Joanne'. Onu arayacak, durumdan bahsedecek ve Çiğdem'i bulmasını, her şeyin yolunda olup olmadığına bakmasını isteyecektim. Ortada ciddi bir sorun varsa bunu Joanne bile anlayabilirdi. Okula devam ediyor muydu, birlikte olduğu insanla mutlu muydu, bunları gözlemlemek çok da zor değildi.

"Merhaba Joanne, ben Onur, nasılsın?"

"Aa, merhaba Onur, çok iyiyim, sen nasılsın?

"Ben de iyiyim Joanne, teşekkür ederim. Senden bir ricam olacak mümkünse. Çiğdem'i bulabilir misin? Yani tam olarak bulmak gibi değil, her şey yolunda mı diye kontrol etmek gibi. Yani uzaktan. Endişelerim var çünkü. Bir sorun olmasından korkuyorum da. Okula devam ediyor mu mesela? Dışardan nasıl görünüyor, mutlu mu? Her şey normal mi? Bakabilir misin? Yoksa ben çıkıp geleceğim... Her şeyin yolunda olduğunu bilmek istiyorum."

"Onur sanırım çıkıp gelmen yerinde olacak. Aynı endişeye şimdi ben de kapıldım çünkü. Ben de bir emanetin var... Çiğdem. O bana geldi."

"Nasıl? Ne zaman? Neden Joanne? Siz tanışmıyorsunuz ki?"

"Ama o tanıştığımızı biliyormuş. Bana geldi. Aylar önce. Sen Türkiye'ye döndükten kısa bir süre sonra. Telaşlı, bir yerlere yetişmek için acele eder bir hali vardı. Bir defter verdi bana. Bundan sana bahsetmememi istedi benden. Ancak senden ya da başkasından kendisiyle ilgili bir şey duyarsam bu defteri sana vermemi istedi. Sanırım o zaman bu zaman olabilir. Değilse de içimden bir ses bunu senden daha fazla gizlemememem gerektiğini söylüyor. Sanırım buraya gelmen gerekiyor Onur."

"Geliyorum" dedim ve panik halinde eve doğru koşmaya başladım. Hemen çantamı toparladım, darmadağın, bulduğum her şeyi rastgele çantalarıma tıkıştırıp arabaya atladım ve İstanbul'a gitmek üzere yola çıktım. Kimseye hoşça kal diyecek zamanım yoktu. Uğur'u aradım ve yola çıktığımı söyledim. Arabayı olduğu gibi, eşyalarımla beraber ona bırakacak ve sabah ilk uçakla Dublin'e gidip neler olduğunu öğrenecektim, öğrenmeliydim.

"Geleceğim" dedi, "sakın gittiğime inanma."

Günlerdir uykusuzdum. Vücudum bu yorgunluğa yenik düştüğünde en uzunu yarım saat süren kesik kesik ve huzursuz uykularım oluyordu sadece, onun haricinde düşünceler arasında dalıp giden, kaybolan ama kapanmayan gözlerle geçip giden günleri izliyordum bir köşeden. Neyse ki az da olsa uyuyabildim uçakta, uyumamayı tercih ederdim.

* * *

Görmek isteyeceğim son kişiyi gördüm rüyamda, babamı. Çünkü her defasında gözüm kapalı geldiğine inanıp, gözlerimi açtığımda hüsrana uğramak bir yerden sonra çekilir bir azap değil. Babamın içinde olduğu rüyalar her defasında o kadar canlı, o kadar net imgelerden oluşuyor ki, rüyanın gerçekliğini, yaşadığım gerçekliğe tercih etmem hiç de zor olmuyor. Uyanmak istemiyorum. Onunla kalmak istiyorum. O canlı, o net imgelerin arasında, renklerin berraklığı, seslerin coşkusu, insanların tek yüzlülüğü arasında kalmak istiyorum. Kokusuz, renksiz ve durmaksızın gürültülü ve anlamsız seslerin çıktığı, çok yüzlü insanların dünyasından uzak kalmak istiyorum. Rüyanın içindeyken rüyada olduğumu fark ettiğim o kısacık anda, uyanmamak için saatlerce mücadele veriyorum adeta.

Sonrası dediğim gibi, hüsran. Yatağın üzerinde gözü tavana çakılı, mutsuz bir et yığınından ibaretim uyanınca.

Dün gece bir okul yemekhanesinde karşılaştım babamla. Elinde metal bir tabldot tabağı, yemekhaneden yemeğini almış masasına giderken başını arkaya çevirip, "yemek çok güzelmiş, acele et, yanıma gel oğlum" dedi. Üzerinde koyu gri bir takım elbise, üstten iki düğmesi açık siyah bir gömlek vardı, kravat yoktu. Babam masaya doğru yürürken etrafında kırk elli kadar öğrenci hareketsiz duruyorlardı, hepsinin başı öne eğikti. Utançla saygı arasında kalmış bir duygu yayılıyordu yere bakan yüzlerinden, babam başını çevirip yürümeye devam etti. Elimde tabldot tabağıyla yemek servis edilen kısma geldiğimde, tezgahın önünde tek başıma dikildiğimi fark ettim. Ne yemek vardı, ne de yemeği servis edecek kimse. Tabağı bırakıp arkamı döndüğümde babam yüzü bana dönük, ellerini açmış bekliyordu. Öğrenciler de kaybolmuştu, bir futbol sahasının ortasında tek başımızaydık. Önüme bir top attılar ve topu süre süre babama doğru koşmaya başladım. Kollarımın altından tutup havaya atıp tutmaya başladı babam beni, çocukluğuma dönmüştüm. Her yukarı fırlatılışımda başım bulutlara değiyormuş hissine kapılıyordum, kahkahalarla gülüyor, daha yükseğe, daha yükseğe çıkmak istiyordum. Yere indiğimde büyümüştüm.

Yere bastıkça büyürsün.

Sarıldım babama, gözyaşlarım babamın boynuna damlıyordu.

"Geleceğim" dedi, "sakın gittiğime inanma. Buna inandığın anda gitmiş olurum, buna sakın inanma, geleceğim oğlum" dedi.

Bir uçurumun kenarında dikilmiş ufka bakıyordum şimdi tek başıma. Bir gemi çok uzaklara gidiyordu, yüzüme çok uzaklardan gelen bir rüzgar çarpıyordu. Gemi ve rüzgar ve onların oradan oraya taşıdığı acıklı hikâyeler ve babamın daha ben sarılmaya doyamadan çekip gitmesi boğazımı düğümledi, içim sıkıldı. Uyanmak istedim. Uyumak kadar uyanmak da iyi gelir bazen. Yine de uyanmadan önce kendimi şu uçurumdan bıraksam ne olur acaba diye düşünmeden edemedim. Rüyada olduğumu fark ettiğim andı bu an. Nasılsa uyanacaktım, o zaman bırakabilirdim kendimi. Gerçek bir düşüşün nasıl olduğunu hissedebilirdim belki rüyada. Hatta ölüm anında hissedeceklerimi bile hissedebilirdim rüyamda ölmeden hemen önce. Düşersem babam da gelebilirdi yanıma tekrar. Bu ihtimal için bile değerdi bedenimi bu kayalıklardan aşağı bırakmaya.

Kollarımı açtım ve gövdemi öne doğru yavaşça hareket ettirdim. Zerre kımıldatmadım eklemlerimi, rüzgar şiddetini daha da arttırdı, vücudumun hiçbir yeri bükülmesin diye büyük bir savaş verdim kendimle. Parmağımı kımıldatsam uyanırım ya da vazgeçerim diye korkuyordum. Vücudum artık düşmeye hazır pozisyona geldi, az sonra o sert, korkunç kayalıkların üzerine şiddetli bir şekilde çarpacaktım. Vücudumun bir kısmı orada kalacak ve oradan seken kısımlarla denize kadar ulaşacaktım. Çok heyecanlıydım, neler hissedecektim acaba? Şu an bile bu kadar güçlü duygular içindeyken, kayalarla o çarpışmadan hemen önce ve hemen sonra neler hissedecektim. Acı ne kadar hükmedebilecekti bedenime? Ve ölmeden önceki son saniye neler geçecekti gözümün önünden? Ayak parmaklarımın en ucundaki eklemler esnedi ve topuklarım yerden yükselmeye başladı. Gözlerimi fal taşı gibi açmış ufka bakıyordum. Düşüyordum. Nefesim kesildi. Belime bir kolun dolandığını hissettim. Arkama dönüp beni kimin tuttuğuna bakamadan uyanmıştım. Tek görebildiğim, beni belimden kavrayan o koldaki lacivert kadranlı saatti. Beni tutan babamdı, o saat babamın saatiydi.

Uyandığım an içimden tek kelimelik bir cümle geçti: "Gitmedin..."

"Gittiğin her yerde yanında olacak bir dokunuş, bir mühür bırakıyorum sana."

Yağmurlu bir Dublin sabahı, üzerimde iki günlük uykusuzluk, sırtımda sadece bir sırt çantası ve yerinde duramayan bir kalple Dublin havaalanına indiğimde burnuma dolan kokuyla buraya Çiğdem'le birlikte geldiğimiz ilk sabahı hatırladım. Nasıl mutlu olduğumuz geldi aklıma, hayallerim geldi. Nasıl mutluydum.

Şimdi burada yalnız ve mutsuz bir Onur olarak, Çiğdem'in peşine düşmüştüm. Belki de kendi kendime bir sorun icat etmiş ve onu bahane ederek Çiğdem'e gelmiştim. Neden buradaydım ben? Ortaya bir defter meselesi çıkmıştı ama yolumun hep ona çıkacağı çok öncesinden de belliydi. Unutamamıştım işte. Başaramamıştım. Yolum yine Çiğdem'e çıkmıştı.

O halde neden gitmiştim? Hiç çabalamadan, Çiğdem'in

gidişine dur bile demeden neden pılımı pırtımı toplamış ve ayrılmıştım bu şehirden? Neden bu kadar kolay kabullenmiştim? Çok fazla kırıldığım için olabilir mi? Çiğdem'den önce de çok fazla kırıldığımdan, bu lanet olası kırılmalardan bezdiğim için olabilir mi?

Tam isabet.

Bu hayatta çok kırılan insanlar belki de bir noktadan sonra pes ediyorlardı. Mücadele etmiyor, kabulleniyorlardı başkalarının onlar adına verdiği kararları. Vazgeçmek "yeter lan" demek bir bakıma, "yeter bu kadar kırıldığım, canınız cehenneme"

Şehir merkezine giden çift katlı sarı otobüse binip üst katta en ön koltuğa oturdum, Çiğdem'le hep yaptığımız gibi. Oradaki hissi seviyorduk. Dünyanın ucunda olmak gibi bir şeydi. Otobüsün üst katında, ön cam kısmı kesik ve yere dik uzanıyordu. Dünyanın ucunda olmak gibi. Her türlü tehlikeye açık. Otobüste en savunmasız olduğun yer. Ani bir frende arkadan itilmiş gibi cama çarpabilir, bu dünyanın dışına atılabilirdin. Tehlikeliydi.

Bu duygu bir yanda dursun. Birlikte olduğumuz, yan yana, el ele orada oturduğumuz gerçeği de diğer yanda. Sanırım biz birlikte olduğumuzda her an kazanacağımızdan, her türlü tehlikenin üstesinden geleceğimizden emindik. Aşk sadece bu demekti belki de, her türlü tehlikenin üstesinden gelebileceğine dair sonsuz bir inanç, bilmiyorum. Her defasında aynı şeyi yaptığımıza göre bu duygu, bu korkusuzluk hali baskın çıkıyordu. Birlikte olduğumuz her an bizi bekleyen her şeye bir meydan okumaydı, neden olmasın ki? Bir Pink Floyd şarkısı gibi. "Birlikte ayaktayız, ayrılınca yıkılırız." Bunun gibi bir şeydi. Nitekim ayrılınca yıkılmıştık işte. En azından ben yıkılmıştım. Kılımı kıpırdatamamış, o yıkılmışlıkla arkamı dönüp kaçmıştım.

"Bak buraya bir dokunuş bırakıyorum" demiştim bir keresinde elimi Çiğdem'in kalbine götürüp. "Buraya başka kimsenin bırakamayacağı saflıkta, hayalimin de ötesinde berrak bir sudan çıkmış, içi sadece sevgiyle dolu bir dokunuş bırakıyorum. Kimsenin bilmediği, kimsenin duymadığı, sadece sana ait, yüreğimden sana kaçmış haylaz ama sevimli bir dokunuş. Sadece sen bileceksin onu, sana söylediklerini bir sen duyacaksın. Buradan başka bir yere gitmeyecek, gittiğin her yerde yanında olacak bir dokunuş, bir mühür bırakıyorum sana. Sen ve ben bileceğiz bunu ve asla unutmayacağız. Unutursak kaybederiz Çiğdem. Sana nasıl dokunduğumu hiç unutma olur mu?"

Büyük bir yalandan ibaret hissediyorum şimdi kendimi. Unutmamak, bir yalanın parçası olmaktan kurtaramıyor beni. Gitmiştim ve giderek büyük bir yalan haline gelmiştim.

Joanne'le öğlene doğru, dersten çıktığında hep gittiğimiz barda buluşacaktık. Şehir merkezinde otobüsten iner inmez oraya gittim. Çok sevdiğim bu şehirde gezmek içimden gelmiyordu. Şehirle hasret gidermek gibi bir derdim yoktu. Bunu yapmak güzel anıları getirecekti gözümün önüne, içim burulacaktı. Dost bir şehir hiç ummadığın bir anda düşmanın haline gelebilir, çünkü bu duyguları harekete geçiren aslında o şehirde yaşadıklarındır, başka bir şey değil. Şehirler masumdur.

Sabah temizliği vardı barda. Yaşlı bir adam yerleri süpürüyordu. Çilli oğlan ortalıkta yoktu. Belki de ayrılmıştı oradan. Bir fincan kahve rica edip en köşedeki masaya oturdum. Okurum diye yanıma alıp, uçakta tek sayfasını bile çevirmediğim Halil Cibran'ın *Başkaldıran Ruhlar* kitabını alıp rastgele bir sayfa çevirdim. Alacağım kitapları bu şekilde seçmeyi seviyorum. Rastgele açtığım bir sayfada bana dokunan bir şey, bir cümle hatta bir kelime dahi varsa o kitabı mutlaka alırım. Bu kitabı da o şekilde almıştım.

Rastgele açtığım sayfada gözüm şu paragrafa ilişti:

"İnsanın içinde, merhametle gaddarlık, bu korkunç gecede göğün derinliklerinde, zincirden kurtulmuş güçler gibi boğuşuyorlar; fakat merhamet baskın çıkacak sonunda, çünkü merhametin kaynağı Tanrı'dır. Ve şimdi geceyi dolduran şiddet, şafak sökerken yalnız başına çekip gidecek..."

İnsanlığın buna ne çok ihtiyacı vardı. Merhametin kazanmasına, gaddarlığın, kabalığın bir daha dönmeyesiye defolup gitmesine ne çok ihtiyacımız vardı. Benimki bir aşk acısıydı belki, içimde baskın olan acı, hayatımın bu evresinde sadece bundan ibaretti. İyiliğin ve inceliğin hüküm sürdüğü bir dünyada sadece bu acıdan ibaret kalabilirdim. Ama yaşadığım dünyada durum böyle değildi. Acım sadece bir insana duyduğum aşktan ve onun artık hayatımda olmamasından ibaret kalamıyordu. İnsanlığın acılarından, her gün ölen, tecavüz edilen, bombalanan, bıçaklanan, tekmelenen, hastane kapılarında sürünen, bir lokma ekmek için dilenen insanlığın acılarından muaf değildi benim acım. İçime baktığımda gördüğüm o acının, o sadece benden ibaret olan aşk acısının aslında insanlığın acılarıyla yoğrulduğunu geç de olsa fark ettim. Aşk da değerliydi, acısı da.

En çok da unutmamanın, unutamamanın değerini sana öğrettiği için değerliydi.

Topuklularının sesinden tanıdım Joanne'i. Saniyelik bir zaman diliminde, başka bir zamanda, başka bir yerde, tüm bu yaşadıklarımın yerine Joanne ile birlikte olabileceğimiz ihtimali geldi aklıma. Bu nasıl olurdu diye sordum kendime, cevap aramadım. Şu anda ve burada Joanne bir dosttu ve ben başkasına aşıktım, konu kapandı.

Zaten hayat biraz da kendini kendine kapatma meselesi değil mi?

Bu ihtimal vardı ama olmamıştı ve asla olmayacaktı, Joanne hep bir dost olarak kalacaktı. Takıldığım nokta bu değil. Bunun yanlışlığı ya da doğruluğu değil. İçim bir başkasına ait bir aşkla doluyken bile böyle bir düşünce geçebilmişti aklımdan. Böylesine sıkıntılı bir anda, içim Çiğdemle ve ona dair sorularla doluyken, bir başkasıyla olma olasılığı saniyelik de olsa geçebilmişti içimden.

Demek daha bilmediği ve gün be gün keşfedeceği ne çok kör noktası vardı insanın. İnsan kendinin ne kadar az farkındaydı.

Meraklı gözlerimin etkisiyle olacak, masaya oturur oturmaz kapalı bir zarf uzattı Joanne. Açılmamış, muhtemelen Çiğdem'in ona verdiği haliyle duran turuncu bir zarf. Üzerine Çiğdem'in elleri değmiş renkli bir zarf. Çiğdem ve renkler. Renklere yüklediği anlamlar. Küçücük şeylere anlam yükleyen, hayatın bıraktığı boşlukları doldurup oradan kendine küçük mutluluklar çıkaran kadının bana bıraktığı zarf. Zarfın içinde küçük bir not defteri. Beyaz kapaklı, üzerinde turuncu, beyaz renkte kanatları ve siyah antenleri olan bir kelebek çizimiyle yüzüme bakan küçük bir not defteri. Onu okuma isteğiyle doldum bir anda. Gözlerim doldu, kalbim yerinden çıkacakmış gibi bir hisle, çaresizce Joanne'in gözlerine baktım. Cevapları tanıdık bir yüzde bulmak ister gibi. Bazı cevapları kendin bulmaktan korkarsın hani? Cevaplar bir başkasından gelsin, kendiliğinden gelsin istesin? Öylesi daha tahammül edilebilir gibi gelir sana hani? Öyle bir bakış. Yardım isteyen bir bakış.

Sınırsız ve sonsuz sorular yüklenmişti şimdi ruhum.

O güzel, masum eller mi dolaşmıştı şimdi bu defterin üzerinde? O kırılgan parmaklar mı ışık tutmuştu yüreğinin karanlıklarına?

Beni bekleyen ne vardı bu defterde? İyi şeyler olmadığı kesindi.

İyi şeyler sana, çoğunlukla kendisi gelir. Senin gidip onları bulmanı bekleyen şeyler, genellikle kötü şeylerdir.

Nelerin hesabı soruluyordu, hangi sevinçleri, hangi serzenişleri haykırıyordu bu defterin yaprakları, hangi defterleri açıyordu? Çiğdem'in izleriyle dolu defter ellerimdeydi ve ben ellerimde Çiğdem'in yüreğini tutuyordum, içimde o yüreğin atışlarını duyuyordum. O kadar yakındım Çiğdem'e. Soluğu yüzümdeydi ama başımı kaldırıp bakamıyordum yüzüne, yüreğinden yüzüme çarpacak gerçeklerle yüzleşmekten korkuyordum.

Kendi içime baktığım onca zamandan sonra kendime ve hayata onun gözlerinden bakmaktan korkuyordum.

"Yüzünde ifade bile yoktu bunu bana verirken," dedi Joanne, "okulda ofisimdeydim. Aralık olan kapıyı tıklattı ve ürkekçe başını içeri uzattı. Mutluluğun ya da mutsuzluğun çok ötesinde, huzurun ya da huzursuzluğun çok uzağında bir yerde, belki başka bir zaman diliminde kalbinde başka duygular, aklında başka düşüncelerle iç içe gibiydi. Dediğim gibi, yüzü ifadesizdi. Ya da o yüz ifadesi bir şey anlatıyorsa, bunu muhtemelen bizim bilmediğimiz bir dilde yapıyordu, buraya ait olmadığı kesindi."

"Defteri verirken ne dedi sana tam olarak?"

"Okumamamı rica etti. Saklamamı ve zamanı geldiğinde, sen bana Çiğdem'i sorduğunda ya da onunla ilgili bir şeyler söylediğinde onu sana vermemi söyledi. Bu günün geleceğini biliyor gibiydi. Neden beni seçti bilmiyorum ama şu an içinde bulunduğumuz durumu önceden görmüş olması düşüncesi beni rahatsız ediyor. Kendisiyle ilgili büyük bir haber bekliyordu ve bu haber sana ulaşacaktı, sen de bunu ilk benimle paylaşacaktın. Aynen şu an yaşanmakta olduğu gibi. Bunu biliyordu. Bu çok korkutucu Onur. O büyük haberin iyi bir haber olmasını umuyorum."

"Başka bir şey demedi mi?"

"Demedi. Teşekkür etti ve çıktı. Ha, bir de, odamdan çıkarken kapının yanındaki duvarda asılı olan çerçeveye baktı bir süre. 'Ben de' dedi ve çıktı. Sonra bir daha görmedim."

"Ne var o çerçevede? Bir resim? Bir yazı?"

"İkisi de. Altında bir alıntı olan, siyah beyaz bir Kafka portresi."

Ölmekten korkuyorum. Çünkü daha yaşamadım.

Ürperdim. Artık bu defteri açmaktan, içinde yazanlarla yüzleşmekten başka çarem yoktu. Neler olduğunu bir an önce öğrenmeli, Çiğdem'le ilgili o büyük haberi öğrenmeliydim. Manzara iç açıcı değildi ama yüzümü başka yöne çevirme şansım da yoktu. O manzaranın içinde ben de vardım.

Kolay değil. Bu sadece bir defteri açıp, cümleleri okumakla ilgili değil.

Aylarca sadece kendi içime bakmış, kendimle savaşmıştım ben. Tek bir pencereden sadece kendine bakmış bir insanın başka bir pencereyi açması, o pencereden içeri sızan ışıkla gördüklerine alışması hiç kolay değildir.

Kabullenmek sancılı bir süreçtir.

"Bilmemek ne ağır bir yüktü..."

Joanne beni defterle baş başa bırakıp okula dönmek üzere yanımdan ayrılmadan önce kısa bir süre sohbet ettik. Eşinden ayrıldığını, kızıyla birlikte yaşamaya başladığını öğrendim. Daha mutlu görünüyordu Joanne, mutlu değilse bile en azından mutsuz bir ifade yoktu yüzünde.

"Çok seviyorsun değil mi?" diye sordu.

"Evet," dedim, "milyarlarca hem de. İlk insandan bu yana evrende biriktirilmiş tüm sevgi kadar, o sevginin tek mirasçısı gibi. Acısını da aynı şekilde çekiyorum. İçimdeki aşkın acısıyla birlikte, bütün insanlığın acılarını da duyuyorum içimde. Ayaklarım yere basarak, adım adım acıyarak seviyorum."

"Körleşmiş, bütün dünyaya sırt çevirip sadece içindeki duygularla meşgul bir halde yaşanırken aşklar, bu cümleler ne kadar anlamlı Onur, ne kadar derin," dedi Joanne, "Çiğdem'de bir karşılığı olmalı bu duyguların. Kesinlikle olmalı. O bunun farkında değilse de bir gün farkına varacak. Belki de bu yüzden kopamıyor o da senden. Bir defter aracılığıyla da olsa bir bağ kuruyor senle. Köprüleri yıkmamış o. Yıkmışsa da, sana giden bir köprüsü olsun istiyor her zaman. Bütün yolları kapandığında, sana koşabileceği bir köprü. Ne güzel."

"Öyle mi dersin?"

"Kesinlikle öyle. Yoksa bana neden gelsin? Bu defterin, içinde her ne yazıyorsa, neden başkasına değil de sana ulaşmasını istesin? Bunun tek bir anlamı var Onur. Sadece sende değil, Çiğdem'de de tükenmemiş ve asla tükenmeyecek duygular var. Ben eminim bundan."

Sonra yanımdan ayrıldı Joanne. Yüzleşmekten korktuğum defterle bir başıma kalmıştım. Yağmur hala durmamıştı, yola bitişik olan barın önünden kısa aralıklarla hızlı hızlı yürüyen insanların ayakkabı sesleri, girişteki ahşap pencerelere vuran yağmur damlalarının sesini bastırıyordu.

Yaşlı adam bir fincan kahve daha getirip bıraktı masaya. İstememiştim. Burun deliklerimi iyice açıp derin bir nefes aldım.

Zorla da olsa açtım defteri.

Bir çiçek çizmişti ilk sayfaya Çiğdem, mor bir kalemle, bir papatya. Ortasındaki halkanın içini karalamış, etrafına içi boş halkalar çizmiş ve sapındaki yaprağı da unutmamıştı. Herkesin yaptığı gibi, tanıdık bir papatya. Mor bir papatya.

Sayfayı çevirdim.

"6 ay, en fazla 1 yıl."

Sayfanın ortasına kocaman harflerle yazılmış bu cümle ne anlama geliyordu şimdi? 6 ay hangi aylardan oluşuyordu? En fazla 1 yıl sürecek olan neydi? Kalp atışlarım hızlandı. Son derece kaygılı bir halde sayfayı çevirdim yine.

Asfaltın kurşuni rengi ince ince yağan yağmurla birlikte parlıyor. Güneş açmış ama gökyüzü mavi değil.

Gümüş mü desem, öyle parlak bir gri, üzerinde bir ton koyu gri parça parça bulutlar.

Gökyüzü mavi değil, ferah. Gökkuşağı, berrak. Yerden göğe, koyudan açığa geniş bir renk skalası sunuyor odanın penceresi. Bu renklerin ortak bir yanı var. Yağmurla yıkanmışlar ve mis gibi kokuyorlar. Renklerin kokusu vardır. Duyabilirsen, hayatın daha da renklenebilir.

Dirseklerimi pencerenin pervazına dayamış bir halde gözlerim gökkuşağına kilitlenmiş düşünüyorum. Ne düşündüğümü bilmiyorum. Elimde bir galeta var, onu kemiriyorum. Üç gündür odamdan çıkmadım. Üç gündür telefonu açmadım. Üç gündür ağlamadım. Üç gündür sadece galeta kemiriyor, pencereden dışarı bakıp, gökkuşağının çıkmasını bekliyorum. Çünkü gökkuşağını izlerken galeta yemek de bir çeşit tepki olabilir yaşadıklarına, neden olmasın? İnsan vücudunun ve insan ruhunun hangi olaya hangi şekilde tepki vereceği milyarlarca ihtimal dahilindedir. Ne alkol, ne sigara, ne de bedeni aç bırakmak. Ölmek üzere olan bir kadının, bu yaşta her şeye veda etmeye hazırlanan bir kadının sadece ve sürekli galeta yemesi de şiddetli bir tepki olabilir pekâlâ. Sarhoş olup yüksek sesle acısını haykıran bir kadınla, bir pencerenin pervazına dirseklerini dayayıp, gökyüzüne bakarak kütür kütür galeta yiyen bir kadın arasındaki yedi farkı, kılı kırk da yarsanız bulamazsınız. Acının canı bazen galeta da çekebilir. Hayat beni terk ederken, asla vazgeçemeyeceğim şeylere elveda demeye başlamışken bir bir, böylesi bir yıkıma karşılık bir iki galeta kemirmenin kime ne zararı dokunabilir?

* * *

Ölümü düşünüyorum. Ölümün rengi nedir? Akla ilk siyah gelir, ya da mor muydu? Mor renge atıfta bulunan bir sürü kitapta, ne güzel kitaplardı onlar, ölüm kaçınılmazdı. Yine de ölümü yeterince ifade eden renkler değildi bunlar. Ölüm belki de gökkuşağı gibi bir şeydi, birden fazla rengi vardı. Ya-

şamın içinde onca renk varken, ölümün neden bir tek rengi olsun ki? Hem kutsal kitaplar ölümden sonra daha güzel bir hayatı vadetmiyorlar mıydı? Bu dünya basit bir taklitten ibaret değil miydi? O zaman, belki de, ölümü kasvetli renklerle anmak bir nevi haksızlıktı. Çünkü ölüm bir bakıma, o güzel aleme açılan bir pencereydi. Bu durumda, o pencereden içeri pırıl pırıl renklerin sızması, tam da ölüm anında gözlerimi bir gökkuşağı gibi boyaması işten bile değildi.

Bu düşünceye pekâlâ alışabilir, ölümün rengârenk olduğunu düşünerek korkularımdan uzaklaşabilir, gözlerini üzerime dikmiş, sabırsızca randevu saatini bekleyen bu soğuk gerçekle, ölüme çok yakın olduğum gerçeğiyle biraz da olsa barışabilirdim. Isınamazdım belki, ama alışabilirdim en azından. Isınamadığım ne çok şeye alıştım, alışmak zorunda bırakıldım. Milyonlardan ne farkım vardı? Kendi dışımda tasarlanmış buz gibi gündelik kaygılara alışarak yaşamadım mı herkes gibi? Isınmasam da titreye titreye yaşamadım mı bu hayatı? Herkesle birlikte. Islak ve üzgün sokakları tanımadığım binlerce insanla birlikte adımlamadım mı?

Ve şimdi bu sevimsiz, buz gibi hayattan ayrılmak üzereyim diye değil mi bu dibe vurmuş halim? İçimi ısıtan onca şeye, onca insana değinmiyorum bile. Isınamasam da alıştığım birçok şeyden kopacağım diye değil mi bu çaresizlik? Zaten iyi, kötüye karşı verilen bir savaşın ismiydi. İnsan ölürken, kötüye bile sempati besleyebilirdi.

Bu türden boş, bu türden beyhude çabalarla yaşamın bu gres yağlı kaygan yüzeyine tutunmaya çalışmak, küçük detaylar yaratıp, felsefi çıkarımlarda bulunmak ve bunlarla avunup mutlu olmaya çalışmak, kırık ve yarım ve eksik tebessümlerle dakika dakika, saat saat adımlamak bu hayatı, tek başına adımlamak, sonun yaklaştığını bile bile, had safhada bir alınganlık, bastırılmış bir öfke ve üst *üste yığılsa da susmayı tercih etmiş milyonlarca kelimeyle, artık sona yaklaşmış bir hayatı adımlamak ne kadar kadınca bir davranıştı.*

Ben bu değilim.

Ben galeta sevmem.

Okuduğum her kelime beynime bir yıldırım gibi çarpıyordu sanki. Ölüm diyordu, veda diyordu, ölümün rengini düşünüyordu?

Çiğdem ölüyor muydu yani? Çiğdem de mi ölüyordu?

Ben bunun, Çiğdem'in yaşadıklarının uzağında nasıl kalmıştım? Kızgınlık, utanç, kırgınlık, çaresizlik ve tarif edemeyeceğim nice duygu geçti içimden. Ayrıldığımız günden bugüne yaşadıklarım olağanüstü bir hızla gözlerimin önünden geçiyordu. Beynimde bir uğultu, gözlerim kanıyordu. Gitmiştim. Hemen gitmiştim. Çiğdem için mücadele etmeden gitmeyi tercih etmiştim. Kaçmak değil de neydi bu? Düpedüz kaçmıştım. Neler düşünmüştüm, nasıl bir öfke duymuştum Çiğdem'e, ona dair ne varsa içimde, öldürmek, sonsuzluğa gömmek için nasıl bir mücadele vermiştim. Bu ne büyük bir acıydı. Bilmemek ne ağır bir yüktü.

Okuduğum her satırın önüne başımı uzatmıştım sanki, o satırların çizeceği kadere koşulsuz teslim olmuştum. Bir sayfa daha çevirecek hal kalmamıştı ellerimde, parmaklarım titriyordu. Titreyen parmaklarla dokunduğum her şeyde kırılmış, tuzla buz olmuştum bugüne kadar. Bugün de değişen bir şey yoktu.

Zorla da olsa sayfaları çevirmeye devam ettim.

"Ameliyat çare değil, kemoterapi deneyebiliriz öncesinde. Düşük bir ihtimal de olsa tek çare bu gibi görünüyor. Bir de gebelik durumu var tabi. Ameliyat ya da kemoterapi. Her iki durumda da gebeliği sonlandırmamız gerekiyor."

Bunlar cümle değildi.

Kayaların üzerine çakılan devasa çiviler geldi aklıma. Bu cümle olsa olsa öyle bir çivi olabilirdi. Kocaman, paslı bir çivi. Alnımdan girip, beynimi geçerek çakmıştı beni arkamdaki duvarın üstü sıvalı çatlağına. Sanki sırtımda sırtlanlar toplaşmış sırayla etlerimi sıyırıyorlardı, çiğnerken sırıtıyorlardı. Bir deri bir kemik bile kalmadım. Ayrılı duvardan, kupkuru kemiklerimle kupkuru toprağa karıştım. Ağzım, burnum, gözlerim toprakla doldu. Gözlerimi tükürdüm. Ağlayamadım.

Çiğdem'in aylar önce hapishanede bahsettiği o "başka biri", içini yakıp kavuran, uğruna her şeyini feda edebileceği o başka biri bizim çocuğumuz muydu yani?

Ne kolay kuruluyordu bir insanın hayatına dair cümleler. Bir doktor için artık sıradanlaşmış, bir çarkın dişlileri gibi aynı ve soğuk cümleler. İstisnaları, aykırılıkları, mucizeleri hesaba katmayan, düşük olasılıkları bir cümlelik bile olsa umursamayan cümleler. Bilim dediğin çoğu zaman nemrut suratlı bir ihtiyardır. Bahçeye kaçan topunu keser ve bunu yaparken bembeyaz, öfke dolu kısık gözlerle senin ağlamaklı gözlerinin içine içine bakar.

"Budur! Öteki değildir! Böyleyse böyledir, öyle yaparsan da şöyle olur! Ya şundadır ya bunda! Ne bileyim, belki bir ihtimal helvacının kızında. Ama düşük bir ihtimal. Helvacının kızı üniversiteyi kazanmış, şehir dışında. Onda olacağını sanmıyorum ama bir ihtimal. Yani, yine de bir soralım" falan dese en azından, yine kabul. Ama işte bu bilim dediğin, helvacının kızına sormaya tenezzül bile etmiyor. Ona sıfır değeri verip benim bütün ihtimallerimi o sıfırla çarptığı için sonuç benim de sıfıra doğru, yok olmaya doğru yol aldığımı gösteriyor.

Ölüyorum ben.

Yaşamla bilimin arasında, ik
koynunda uyuyarak ilerliyorum.

Ne bilimin dedikleri, ne de yaşamın va
da değil. Ameliyat yok. Tedavi yok. Çocuğum
doğana kadar hayatta kalmalıyım. Önce o. Gü
Artık zamanımın kısıtlı olduğu bu hayatta, tek isteği

Boğazıma bir el yapıştı. Okudukça boğuluyordum. B dehlizin içinde, dipsiz bir kuyunun en derinindeydim. Orada boğulacak, oradan çıkamayacaktım.

Kelimelerce, sayfalarca vuruldum ve bir şiirin mısralarından sızacak kadar kanadım.

Ne Şeref Baba'nın üzerinde durmadığı kadar basit, ne de benim ilk anda düşündüğüm kadar sığdı konu.

Çiğdem babasına o telefonu açtığında, babasına "seni seviyorum" derken, dilinden dünyanın en güzel cümlesi dökülürken, kendinden umudu kesmiş, ölümü beklemekteydi.

Benden kilometrelerce uzakta, soğuk bir ülkenin rutubetli bir hastane odasında, gözleri duvarda ölüme direnmekteydi.

Demek ben, insanlar ölür, insanlar sömürülür ve insanlar kullanılıp bir kenara atılırken, hayatları kararırken insanların ve insanlık cellatların ayakları altında can çekişirken ve yine insanlar bütün bunların farkında görünür sonra ışık hızıyla bunları tüketir ve de hatırlamamak üzere tekrar tekrar unuturken...

Demek ben Çiğdem'i unutmak için geldiğim bu ülkede unutmanın aczini ve alçaklığını keşfederken, Çiğdem usul usul ölmekteydi. Çocuğumuz için kendini feda etmekteydi.

Günleri, saatleri, dakikaları ve de saniyeleri sayıyordu Çiğdem, bir an önce geçip gitsinler ve çocuğumuz o öl-

dünyaya gelsin diye kim bilir ne acılar çekiyordu. ı, heyecan, çaresizlik, cesaret ve umut. Hepsi iç içe miş, ayrılmamacasına birbirine düğümlenmiş bir halde. Çiğdem.

Ne hissedeceğini bile bilemez bir halde kendini bir savaşın ortasında bulmuş ve o meydanda tek başına dövüşmeyi tercih etmişti. Kazanmak için değil, ikimizin çocuğu kaybetmesin diye kendi hayatından vazgeçmişti.

Daha önce hiç bıçaklanmamıştım ve şu an yüreğime peş peşe bıçak darbeleri sallıyordu sanki biri, bilmiyorum. Daha önce sadece bir kez yaşadığım ve asla tarif edemeyeceğim o tanıdık acıyı duydum içimde.

Ben orada Çiğdem'i öldürmeye çalışırken içimde, o zaten ölmekteymiş.

Çiğdem, aylarca ölmeyi, ama ölmeden önce canımıza, ikimizin canına can vermeyi beklemiş. Ölmeyi beklerken yalvarmak. Ölmemek için yalvarmak ve bunu kendin için değil, bedeninde taşıdığın, canından bir parça için yapmak. Bu duyguyla nasıl yaşar insan? Kendinden vazgeçip, kendi canından bir parça için yaşama çabası, onun için dua etmek mesela, onun için yalvarmak. Nasıl bir duygudur? Bu duyguyu nasıl anlayabilirdim ki. Böyle bir duygu karşısında, Çiğdem'in yaşadıklarının karşısında çökmekten, dibe vurmaktan başka ne yapabilirdim ki?

* * *

Bir sonraki güne bir şiirle başlamıştı Çiğdem. Şiir. Hayatı en görünmez yanlarından, en ince detaylarından kavrayan, en tanımlamaz duyguları getirip önüne koyan şiir. Hayat dolu şiirler.

Şiir, ölümle kol kola da yürüyebilen bir edebi tür demek ki aynı zamanda.

Ne kadarı gerçekten benim bu hayatın?
Olduramadıklarım ağır basıyor terazide.
Bir tahterevallinin tepesinden
olan bitene bakıyor gibiyim sadece.
Korkular anlamını yitirdiğinde yitiriyor anlamını hayatlar.
Sonunu biliyorum.
Sonunu biliyorum.
Bildiğim sonlardan korkmuyorum...

diye yazdım karşı evin beyaz duvarına gözlerimle. Harfler kıpkırmızıydı, harfler duvarın dibine damlıyordu. Terk etmek ne kadar anlamsızdı şimdi. Hayatı terk etmeye bu kadar yakın olan bir kadın için, sevdiği adamı terk etmek ne kadar büyük bir yıkım olabilirdi? Hayata bu kadar bağlıyken, bu kadar plan yapılmış, bu kadar duygu yaşanmış ve biriktirilmişken, daha okunacak, yazılacak, konuşulacak, görülecek, tadılacak, duyulacak tonlarca şey varken, bunların hepsiyle tanışmak isterken bir anda hepsinden koparılacak olma düşüncesinin, bu lanet hayatı bu kadar severken, onun beni dışladığı gerçeğinin kıyısına bile yaklaşamazdı bir insanı terk etmek. İçimde dile gelmeyen arabesk bir ses "Hayat beni terk ediyor ulan, ben seni terk etmişim, kaç yazar? Sen tepeden tırnağa acıya kessen kaç yazar?" türünden bir şeyler mırıldanıyordu. Görünüşte terk eden bendim belki, Onur'u aldattığımı söylemek, başka biri var demek. O andan itibaren yaşayacaklarıma onu ortak etmemek. Hakkım yok. Onur, o çok sevdiğim adam, o mutlu bir hayatı hak ediyor. Nasıl bu kadar kolay kabullenmişti? İçinde beni bırakarak bu şehri nasıl bu kadar kolay terk edebilmişti? Asıl terkedilmek bu değil miydi? Asıl terk eden Onur değil miydi şimdi? Neyse, önemli değil ki.

Bir yandan kızıyor, bir yandan anlıyor ve sürekli isyan

ediyorum. Bilmediğin şeyler var Onur. Bilmeyi deneseydin keşke. Bunu söylemeye hakkım yok ama bir kere deneseydin keşke, bir kerede çözülürdüm belki de. O hapishanenin dışında, birlikte yürümeyi çok sevdiğimiz o nehrin kenarında bir başıma yürürken yakalasaydın kolumdan, çevirip kendine, gidemezsin, bırakamam deseydin. Kollarına yığılırdım belki oracıkta, ben de senden gidemem ki derdim. Ama ölüyorum Onur, ölüyorum ben, daha tadına yeni bakmışken, ilk lokmasında zehirlendim ben bu hayatın, ölüyorum derdim. Ne tuhaf değil mi şimdi Türk filmlerinde görüp dalga geçtiğimiz böylesi bir senaryonun parçası olmak? Neden kızın ilk söylediğine inanır ve gururundan sıyrılamaz bu esas oğlanlar?

Neden?

Hakkım yok evet, bu yüzden söyleyemiyorum ya yüzüne, bu yüzden kendimle konuşuyorum sadece. Hayatını tarumar edip baştan aşağı değiştirdikten sonra çıkıp karşına...

Boş ver...

Ben ölüyorum Onur, ikimizin kanından olan yaşasın diye, ben ölüyorum. Tedavi istemiyorum, canımdan bir parça ölmesin diye iyileşmeye çalışmak bile istemiyorum. Ben gideyim o kalsın. Kalmak için onun gitmesini kabullenemem. Duyma, bilme diye bu hallerimi, arabesk cümleler kuruyorum kendi kendime.

Bilirsin, arabesk sesler genelde kapalı kapılar ardında konuşmayı severler, dışarıda pek dile gelmezler.

Hayat yanılgıların arasından çekip çıkarabildiğin doğruların kadardır. Hayat yangın yerine dönmüş hayatının içinden çekip kurtardığın sevdiklerin kadardır.

Benim hayatımsa yanılgıyı kabullenerek çıkardığım yangının bende yarattığı tahribat kadardır. Elimde başka bir şey yok.

Doğrularım yok, sevdiklerimse ölüyor.

Ben sana bu saatten sonra en fazla "bakıyor, görmüyorsun" derim Onur, başka şey demem. Ben sana bundan sonra en fazla susarım, herkesten çok susarım. Bir hatayı bastırmak değil bu, üste çıkmak değil, canını yakmak, hırsımı senden çıkarmak değil. Daha basit. Tek kelime, üç harf. Acı. Dupduru, yalın ve yanında başka hiçbir kelimeye ihtiyaç duymayan bir acı.

Bıraktığın o dokunuş. Asla gitmeyecek dediğin, seni hep görecek, hep duyacak dediğin, sadece sana ait dediğin o dokunuş şimdi bıraktığın yeri, göğsümü delip yüreğime işliyor. Sobanın içinde beklemiş ucu kor bir süngü, deriye yapışan yanık bir poşet, ince bir sitem ya da. Ne farkı var? Hepsinde acı var, hepsinde incinmek, hepsinde yanmak, hepsinde tükenmek var.

Sen bu acımayı tatmadın, sen bu acıyı bilemezsin.

Sen inandığın adamın, hiç gitmez dediğin, kendinden vazgeçecek kadar sevdiğin adamın, hazırmış gibi, sanki hep o anı beklemiş gibi anında, duraksamadan bir yalana kanması, o yanılgıyı sahiplenmesi ne demek bilemezsin. Bir yandan ölürken, bir yandan da kolayca gideni izlemek ne demek sen bilemezsin. Hiç çaba sarf etmeden, ısrar etmeden, anlamayı denemeden bir ayrılığı kabullenip, çekip gidenin ardından, göğsünde bir tümör ve karnında canından bir parçayla geride yapayalnız kalmak ne demek sen bunu bilemezsin Onur.

İnsan en sevdiğini acıtır en çok.

Ben de seni acıtıyorum Onur, bağışla.

Bu şekilde gidecek kadar, bir yalana hemen inanacak kadar kırıldın sen bu hayatta biliyorum. Bu kolay gidişin, bütün kırgınlıklarına bir isyan aslında. Çok kırılmaktan, çok yenilmekten bu kolay gidiş. Bıkmaktan.

Yenilmekten ve yorulmaktan bu kolay gitmelerin.

O duyguyu tanıyorum. Yenileceğimi biliyorum. Yorulacağımı ve sonunda kaybedeceğimi biliyorum. Ben de bu yüzden gittim senden. Ben kaybederken sen de kaybetme diye gittim.

Yine ne kadar benzeriz değil mi?

Ama sen gitmesen olmaz mıydı? O güçlü yanın ağır basaydı olmaz mıydı? Bu kadar mı imkânsızdı? Derin bir nefes alıp gökyüzüne bakmak yeterdi belki, masmavi düşleri hatırlamak yeterdi belki kalmak için. Sen o çok sevdiğin gökyüzüne neden hiç bakmadın ki?

Buna dayanmak zorundayım evet, dayanacağım da. Nefes aldıkça. Yüreğim çarptıkça. Ama gitmeseydin sen. Gitmeseydin belki o yok sayılan ihtimaller, bilimin sıfırla çarpıp durduğu ihtimaller bir olurdu.

Biz bir olurduk belki. Birlikte kazanırdık belki.

Ben o kadar güçsüzüm ki. Ben yanımda olmana o kadar alışmışım ki...

Günlüğün tamamını okumayı bitirdiğimde öğleden sonrayı epeyce geçmişti, bardaki boş masalar yavaş yavaş dolmaya başlamış, sesler artmıştı. En son kahve içtiğimi hatırlıyorum. Kalkarken hesabı istediğimde faturada kahvelerle birlikte beş duble viski yazıyordu. Ne ara içmiştim bu viskileri, bir rüyada mı yoksa kendimde miydim?

Yaşlı amca bar kısmında hala tek başınaydı. Burası yakında kapanır diye geçirdim aklımdan. Bu saatte hala bir kişi çalışıyorsa bu ekonomik krizin habercisidir. Para üstünü bırakıp çıktım. Sanırım delirmek üzereyim diye geçirdim içimden. Ekonomik kriz de nereden çıktı şimdi? Bütün krizleri atlattım da sıra İrlanda ekonomisindeki krize mi geldi? Onu mu çözecektim?

Karşımda duran nehre baktım. Nehrin kenarındaki korkuluğun üstünde duran koca kafalı martı bana baktı. Bir süre bakıştık. Korkuluklara yaslanıp nehri izlemek geldi içimden. Sonra nehrin hemen kenarındaki banklarda saatlerce oturmak, okuduklarımı hazmetmek, öğreneceklerime kendimi hazırlamak. Bu tip bahaneler. Aslında geciktirmek niyetindeydim. Öğreneceklerimi geciktirmek. Ölümle yüzleşmeyi ötelemek. Yüzleşmeden önceki her anı kar saymak. Unutmak için, yine kaçmak için bir fırsat yaratmak, kaçamayacağımı bildiğim halde, istemsizce son bir hamle yapmak. Asıl niyetim buydu. Bunu kendime, kendime dürüst olduğum sayılı anlardan birinde söyledim. Ama kendime söyledim sadece.

Yürümek gelmedi içimden. Zaten yolun sonuna gelmiştim. Belki de Çiğdem yoktu artık. Çocuğum hiç doğmamıştı. Ne Çiğdem'in yüzünü görebilecektim artık, ne de doğmamış çocuğumun gülüşünü. Bunlar ağır düşüncelerdi. Ne kadar ötelemeye çalışsan da kaldırıp atabileceğin türden değillerdi. Beni olduğum yerde yere seren, boğazımda sıkılı bir yumruk gibi sıkışıp kalmış düşünceler. Gözyaşı olup akamayan, düşüncesiz bir misafir gibi içime postunu sermiş düşünceler.

Taksi çevirdim.

Türkiye'ye dönmeden önce Çiğdem'i izlediğim günler geldi aklıma. Birkaç kez girdiğini gördüğüm, çıkmasını beklemeden çekip gittiğim o eve gitmeye karar verdim. Hava hala kararmamıştı. Evin sokağına vardığımızda taksiden indim. Köşe başında, karşı kaldırımda bir başka taksici koltuğu iyice arkaya yatırmış, yarı uyuklar vaziyette tek eli ensesinde, diğer elindeki kitaba bakıyordu. Hemen arkasında, elinde şık bir çanta, siyah takım elbiseli şık bir kadın ona doğru yürüyordu, at kuyruğu yaptığı saçları topuklularının sesiyle senkronize hareket ediyordu. Bir ara tökezler gibi olduysa da çabuk toparladı. Taksinin arka kapısına zarif bir şekilde uzanıp kapıyı açtı. Taksici toparlandı. Kitabı yan koltuğa bırakıp aynadan doğru kadına bir şeyler sorduktan sonra motoru çalıştırdı. Uzaklaştılar. Sokakta kimse kalmadı. Bel hizasında bir duvara oturup sigara yaktım. Evi gözetlemeye başladım. Tam karşımdaki terk edilmiş binanın gri duvarında rengârenk bir grafiti vardı. Gökyüzüne bakıp haykıran bir adamın siyah çizilmiş silueti renklerin arasında öne çıkıyordu. Adamın canı mı yanıyordu, yoksa öfkeden deliye mi dönmüştü emin olamadım. Siluetin altındaki "Ben, varım!" yazısını fark ettim. Yüz ifadesinin ne anlama geldiğini anladım. Sanırım her ikisi de doğruydu. Adam öfkeden deliye dönmüştü çünkü olmadığını sanıyorlardı, adamın canı bu sebepten yanıyordu. Kimdi bu adam? Bu yüz kime aitti? Sadece İrlandalıların tanıyabileceği biri miydi yoksa tanıdık biri mi?

O duvarda bağıran biz miydik yoksa?

Sanırım bizdik.

Sanırım hepimiz çoğu zaman yok sayıldık, "varım" diye bağırmak istedik ama bağıramadık.

Duvarın üstünde peş peşe kaç sigara içtim bilmiyorum. Adamın yüzüne aralıksız ne kadar baktım, o esnada önümden kaç insan, kaç araba geçti bilmiyorum. Ara ara eve doğru bakıyordum ama hiç hareket yoktu. Hava karardı. Hala oturuyordum. Canım acıyarak, sorularla büyümüş yorgun kafamı omuzlarımın üstünde tutmaya çalışarak oturuyordum duvarın üstünde. Bu hareketsizlik içimdeki ölüm duygusunu güçlendiriyordu. "Çiğdem" diyordum, "ölmemiş olsa bu kadar dingin olur muydu bu sokak? Bu evin kapısı bir kez olsun açılmaz mıydı o hala hayatta olsa. Bir trafik kazası, ne bileyim korna sesleri, bir çocuğun topuyla kırılan bir cam sesi, bir şeyler işte. Hareketler, sesler, hayatın olağan akışı. Çiğdem'in de içinde olduğu, soluduğu hayatın olağan akışı."

İçinde bulunduğum durumu, durumun en küçük detaylarını bile kötü düşüncelere yoruyor, kendimi iyiden iyiye koyveriyordum. Gücüm kalmamıştı. Bir uçurumun kenarındaydım ama sorun bu değildi. Sorun, uçurumun kenarında olmaya aldırış etmemekti. Yüzde yüz emin olduğum bir şey vardı. Çiğdem'e hiçbir şekilde ulaşamayacaktım, kendime durmadan bunu söylüyordum. İyiye dair tek bir lanet olası düşünce bile geçmiyordu aklımdan.

Çiğdem artık yoktu, benim de olmaya niyetim yoktu.

* * *

Sokağın ucunda bir ışık fark ettim. Yüzümü çevirdiğimde ışık adeta gözüme saplandı. Giderek yaklaştı ve daha önce Çiğdem'in girdiğini gördüğüm evin önünde durdu. Uzun boylu, uzun saçlı ve gerçekten de yakışıklı genç bir adam indi taksiden. Taksi uzaklaştı. Genç adamın merdivenleri çıkıp eve girişini izledim. Kapı kapandı. Evin ışıkları yandı. Burnumda bir yağmur damlası hissettim. Bir sigara daha yaktım.

Ağır adımlarla yolun karşısında geçip, evin kapısına doğru ilerledim. Kapı açıldığında sadece iki soru soracaktım.

"Yaşıyor mu?"

"Evet yaşıyor."

"Nerede şimdi?"

"St.James's Hastanesi'nde."

Bunu duyar duymaz yola fırladım ve bir an önce taksi bulmak için ana caddeye doğru yöneldim koşarak. Tam yolun başından köşeyi döneceğim esnada genç adamın arkamdan seslendiğini duydum. Telefonu kulağındaydı.

"Onur!"

"Efendim?"

"Bekle lütfen, taksi çağırıyorum."

Ağır adımlarla tekrar eve doğru yürümeye başladım. Genç adam bir sigara yakıp bana uzattı. Ardından kendisi de yaktı.

"Kusursuz bir plandı. Bunu yapmak zorunda olduğunu, inandırıcı olması içim bana ihtiyacı olduğunu söyledi. Kıramazdım. Çok sevdiğim bir arkadaşımdır Çiğdem. Belki bütün öfkenin muhatabı ben olacaktım. Bana saldıracak, zarar verecektin öğrendiğinde. Yine de göze aldım. Çiğdem'i kıramazdım. Bir senedir tanıyorum onu ama öyle değil gibi. Bazen küçük kız kardeşim gibi, bazense ablam. O kadar değerli ki."

"Ne yani, siz birlikte değil miydiniz?"

"Her zaman birlikteydik. Yani o benim her zaman yanımdaydı. Her sorunumu dinler, her derdime kafa yorardı. Hala da öyle. Birlikteydik, her zaman da birlikte olacağız. Ama senin düşündüğün anlamda değil. Öylesi mümkün değil. Onun sana duyduğu sevginin karşısında bir başkasının durması mümkün değil."

Ne diyeceğimi bilemedim. Taksi geldi. Hiçbir şey söylemeden kapıyı açtım. Tam binecekken arkamı dönüp genç adamın gözlerinin içine baktım.

"Ölecek, değil mi?" diye sordum.

"Hayır," dedi, "beni buna kimse inandıramaz. Ölmeyecek. Göreceksin, ölmeyecek."

"Tanıştığımıza memnun oldum," deyip tokalaştıktan sonra taksiye bindim.

Ben o gün o genç adamla tanışmamıştım aslında. Adını bile sormamıştım.

Ben o gün yaşamamıştım.

"Yollar ayrılabilir, ama bu ayrılık değildir."

"Neden aramadın? Neden haber vermedin?"

"Hakkım yoktu."

Sustum. O an gözümün gördüğü her şeyi kırıp dökmek geldi içimden. Kırılıp dökülmüş hayatımın acısını çıkarmak, kırıp dökerken ellerimi, kollarımı parçalamak, ortalığa saçılmak kırıp döktüklerimle birlikte dağılmak, toparlanamayasıya dağılmak istedim. Gözyaşlarım dökülmeye direniyor, gözbebeklerimle burnumun arasında biriktikçe beynime baskı yapıyordu. Şakaklarımda tepişen fillerin ezdiği çimenlerin inleyişleri kulaklarımda yankılanıyordu. Ensemden sırtıma yayılan buz gibi ter damlalarıyla ürperiyordum. Yokluğu her adımımda, her hareketimde bedenime diken gibi batanın yok olacağı düşüncesiyle diken diken oluyordu tüylerim, ürperiyordum.

Daha önce de terk edilmiştim, yapayalnız kalmıştım ama

bu durum ölümle karışık vurulmamıştı yüzüme. Ölümün soğukluğuyla sadece bir kez tanışmıştım daha önce, beklemediğim bir anda, buna yavaş yavaş alışmadan. Onun bu dünyadan sonsuza dek yok olacağı düşüncesi ve benim buna tanıklık edişim anne karnından kovulup dünya denen bu adaletsiz yere atılmak gibi bir şeydi. Bu duyguyu ağır ağır tatmak baştan aşağı değiştirecekti hayatımı. Artık değer verdiğim kim varsa, bir gün onların yok olup gideceği, bu hayattaki izlerinin ağır ağır, canımı yaka yaka silineceği gerçeği, hayatın bana tadını çıkara çıkara yapacağı bu işkence. Daha kaç kez yaşamak zorunda kalacaktım bunu? Nerede sona erecekti? Bunun üstesinden gelebilecek gücü görmüyordum kendimde, güçlü rolünü oynamanın lüzumu yoktu. Hemen şuracıkta dağılmak elimdeydi, hatta yok olmak. Sevdiklerimin yok olacağı gerçeğiyle yüzleşmeden, o gerçekle tanışıp tadına bakmadan hemen önce yapabilirdim bunu, hemen şuracıkta. Pencereyi açıp. Puf. Saniyeler içinde yok olabilirdim. Hayatın, bu hayatta yaşadıklarımın, yaşamak istediklerimin ve de yaşayamadıklarımın anlamsızlığı beklemediğim bir anda çıkagelmiş, okkalı bir tokat yerleştirmişti yüzüme. Bu sersemlikle her şeyi yapabilirdim. Hiçbir şey yapmadım.

"Ameliyat nasıl geçmiş?"

"İyi dedi doktor, ama sonuçların iyi geleceğini sanmadığını da ekledi."

"Ne kadar diyor peki?"

"Sonuçlar temiz çıkmazsa, ki öyle olacağını düşünüyor, en fazla bir iki ay artık. En fazla."

"Bebek nasıl?"

"Gayet iyi."

"Bana söylemediğin başka bir şey var mı?"

"Var Onur. Neyin bedelini ödediğim hakkında hiçbir fikrim yok benim. Bütün bunları neden hak ettim, kendim bir bedel öderken seni neden buna ortak ettim, hiçbir fikrim yok benim."

"Beni hiçbir şeye ortak etmedin. Senin hayatından kovulmuş bir adamım ben Çiğdem. Ortak olabilseydim keşke. Yaşadığın her şeye, acılarının her zerresine ortak olabilseydim son nefesime kadar."

"Ayrılık nedir biliyor musun Onur?" diye sordu Çiğdem ellerine bakarak. "Ayrılık, onunla ya da onsuz, yakın ya da uzak, yazın ya da kışın, ona dair hiçbir şey hatırlamamandır. Etrafındaki herhangi bir nesnenin onu hatırlatmaması, alakasız bir yerden yayılıp kulağına çalınan bir melodinin onun ismini fısıldamamasıdır. Ayrılık, Onur, ayrılık avuç içlerinde onun parmaklarını değil de o manasız çizgileri görmeye başladığın andır. Kalp atışlarını içinde hissettiğin bir insandan ayrılamazsın. Yollar ayrılabilir, ama bu ayrılık değildir."

"Ben aynı yolda yürümek isterdim," dedim, "senden başka bir yolum yoktu benim, olmasına gerek yoktu. Ama şimdi ne oldu biliyor musun? Yol oldum ben, yolun kendisi oldum. Yolda bırakan olmadım, yolda kalan da olmadım. İyi kötü bir yerlere vardım bir şekilde ama yol yürümekten yoruldum ben artık Çiğdem. Yolla olan ilişkim yolun kendisi olmaktan ibaret şimdi. Üzerimden geçenler oldu, ayaklarıyla, sağımdan, solumdan, orta yerimden, umursamadan geçip gidenler oldu. Canımın yandığını duymadılar, duymak zorunda da değillerdi. Yola çıkanlar yolun kendisinden çok yolun götüreceği yeri umursadıkları için umursanmamam doğaldı. Takılmıyorum buna. Ben onları, seni, onu, onları, üzerimden çiğneye çiğneye geçip giden kim varsa hepsini, varmak istedikleri yere değil, ulaşabildiğim yere bıraktım. Gücüm buna yetti, kollarım bu kadar yetişti. Yolda bırakmadım. Yani kendimde, sağımda, solumda, orta yerimde, yani hiçbir yerimde bırakmadım. Ben senden ayrıldım Çiğdem, kokunu unuttum, anılarını gözlerimden söküp dipsiz kuyulara attım. Sana susadım belki ama o kuyudan bir yudum suyu bile ağzıma koymadım. Bunca şeyden sonra şimdi bana ayrılık tarifleri yapma. Şimdi burada, bu haldeyiz diye kıvıracak, lafı eğip bükecek değilim. Avuç içlerimde o manasız çizgileri görüyorum ben, hayatımın üzerine bir kalemde çekilmiş manasız çizgiler. Olan oldu, biten bitti. Görüyorsun hayat da bitiyor işte. Lanet olası bu hayat bitiyor ve bu yüzden artık bir şeyleri konuşup konuşmamanın da bir önemi kalmıyor aslında. Aldırma bana, aldırmanın da bir anlamı yok. Biz ayrıldık Çiğdem, sen beni yolundan, hayatından, anılarımızdan, her şeyden söküp ayırdın. Doğrusu bu. Peki anlamı var mı? Hayır, yok. Bu hayatta artık hiçbir şeyin anlamı yok."

Çiğdem'in yüzüne o kadar güzel bir ışık vurdu ki, o an söylediklerimin anlamsızlığına gerçekten inandım. Kelimeler anlamsızdı, hiçbir kelime yaşanmışlıkları ifade etmeye yetmeyecekti. Hayat beyhude bir çabaydı işte, aslolan sadece o andı. Kendini pencereyi kapatan pervazlardan kurtarıp Çiğdem'in o güzel yüzüyle buluşan ışığın getirdiği güzellik, benim o anla buluşabilmem, o güzelliği iliklerime kadar hissedebilmem.

Bu hayat anlamsızdı belki ama bize sunduğu anlar mucizeydi.

İnsanoğlu lanetliydi, laneti anın mucize olduğunu kavrayamamasından ileri geliyordu. Kavramış olsa erteler miydi ya da elinin tersiyle iteler miydi sahip olduğu anları? Sanmıyorum.

Uzanıp tek gözünün üzerine düşen kakülünü kulağının arkasına götürmek istedim, gözümü gözlerine sabitlemek, parmaklarımı saçlarının arasında kaybetmek, eğilmek, omuzlarından öpmek istedim. O ışıkla yıkanıp, geçmişten ve gelecekten arınalım istedim. Dünden ve yarından arınıp, bugünde takılıp kalalım istedim. Dupduru. Huzurlu bir sessizliğin ortasında. Birlikte yok olmuş, ama aslında yeniden doğmuş gibi.

Bunu çok istedim.

Dolayısıyla bunun olmayacağından emindim. Çok istersen olmaz çünkü.

Çiğdem bana bakıyordu, yüzündeki tebessüm ne hüznünü ne de çektiği acıyı gizleyebiliyordu. Yüzündeki maskenin ardını görmek canımı yakıyordu. Şimdi Uğur yanımda olsa, ona canımın ne kadar yandığını söylesem, "olsun" derdi. Ezbere söylenmiş milyonlarca kelimeden daha iyi gelirdi şimdi onun tek kelimesi.

Olsun.

Tanıdık bir yüze, tanıdık bir sese o kadar ihtiyacım vardı ki. O kadar yalnız, o kadar güçsüz ve o kadar çaresiz hissediyordum ki kendimi.

Pencereden dışarı baktım. Tanıdık birilerini aradı gözlerim, tanıdık bir şeyler görmek istedim. Yalnızlık içimde gitgide derinleşiyordu. Şakaklarımda filler hala tepişiyordu. Boğazıma kaçıncı düğümü attılar bilmiyorum. Çiğdem hala bana bakıyordu. Dışarıda hayatın o bildik, olağan akışı yaşadığım hiçbir şeye aldırış etmiyordu. Hani herkesin sözleşmiş gibi seni görmezden geldiği, yaşadıklarının kıyısına bile yanaşmadıkları o iğrenç akışı var ya hayatın, işte o beni bel bağladığım, mucizevi tek sığınağımdan, dünden ve yarından bağımsız "o an"dan da koparıyordu yavaş yavaş.

Ellerime baktım. İnsanın, hayatı yaratan hünerli ellerinden bahsediyordu bir şair, o geldi aklıma. Ne kadar hünersizdi benim ellerim, yıkılan hayatların ortasında kalmış, bir şeyler yapmaktan, bir şeylerin gidişini değiştirmekten ne kadar acizdi. Kendimden çok ellerime üzüldüm. Benim değil de bir başkasının elleri de olabilirlerdi. O zaman daha mutlu olurlardı belki.

Hepimiz gibi.

Başka bir yerde, başka bir zamanda mutlu olabilirdik hepimiz, bunu en az bir kere aklımızdan geçirdik, çünkü, gerçekten, en mutlu olduğumuzu sandığımız anlarda bile mutlu değildik. Belki de mutlu olmaktan çok daha önemli bir şeyler vardı. Mutlu olacağım derken daha önemli şeyleri unutuyor, görmezden mi geliyorduk yoksa?

Bütün mutsuzluğumuzun altında yatan, sadece kendi mutluluğumuzun peşinde koşmaktı belki de, bencil, içinde kendinden başka hiçbir şeye yer olmayan bir mutluluk tanımı.

Bilmiyorum.

* * *

Odanın kapısı yavaşça açılıyor.

"Merhaba, girebilir miyiz?" diye soruyor bir ses.

Evet, bu hayat anlamsızdı belki ama bize sunduğu anlar mucizeydi dedim ya?

Yeniden doğmak, belki de imkansız değildi.

Odaya giren hemşirenin kucağında cenneti gördüm ben, yeryüzünde cenneti. Başarmıştı Çiğdem. Kendini feda etmişti ve canı pahasına da olsa bebeğimizi dünyaya getirmişti.

"Babası, Onur bey," diye beni tanıttı Çiğdem hemşireye. Hemşire kucağında bebeğimizle, Çiğdem'in ve benim bebeğimle bana doğru yürüdü. Sandalyeden kalkamadım, kelimeler boğazımda düğümlendi, tek bir kelime bile edemedim. Zorlanarak ayağa kalkıp o masum yüze baktığım anda ağlamaya başladım. Acıyla geçen zamana, gerçekte nelerin olup bittiğinden habersiz, boşa geçen zamana mı,

Çiğdem bunca zaman yaşam mücadelesi verirken onun yanında olamayışıma mı, yavrumun sağ salim doğmuş olmasına mı, yoksa Çiğdem'in kritik durumuna mı ağlıyordum? Aklımdan onca soru geçerken ben sadece ağlıyordum.

Bebeğimi kucağıma aldım ve gözümde tek bir damla bile yaş kalmayıncaya kadar ağladım. Akıp giden hayata, mutlu olma ihtimali bu kadar yakınken onu kaçırıyor oluşumuza ağladım. Her durumun, her kararın bir açıklaması vardı ve bunlara takılıp kalmak, üzerine saatlerce tartışmak anlamsızdı artık. Hayat geçip gidiyordu işte, değerli anları elimizle tutamıyor, olduğu yerde durduramıyorduk. Bir nefes, bir bakış, bir damla gözyaşı, bir tebessüm. O kadar. Hayat bu kadar.

Ve bu acı gerçek bir hastalık şekline bürünüp karşına dikilmişken, sevdiğim kadın ölmek üzereyken ve kucağımda bir bebek uyumaktayken, geçmişi tartışmak o kadar anlamsızdı ki.

"İşte her şey bunun içindi. Onun doğması için. Belkileri düşünmek istemem Onur, ama öğrenseydin alacağımız kararlar farklı olabilirdi. Anlıyor musun? Hem böyle kötü bir sürece seni de ortak edemezdim. Evet iki türlü de acı olacaktı. Ama gözümün önünde senin de acı çekmene katlanamazdım. Benim için doğru olan buydu ve öyle hareket ettim. Lütfen beni suçlama olur mu, beni lütfen anla ve iyi hatırla."

"Suçlamıyorum Çiğdem, anlıyorum. Ve sana çok derin bir saygı duyuyorum. Ben aynı durumda olsam, aynı kararı verebilir miydim, bu kadar cesur, bu kadar yürekli olabilir miydim emin değilim. Yavrumuz için seni feda edebilir miydim? Sanmıyorum. Bu nasıl mümkün olabilirdi? Annelik böyle bir şey demek ki. Kendinden, kendi hayatına dair her şeyden çocuğun için vazgeçebilmek. Birlikte vermemiz gereken bir karardı bu belki ama o kısmına takılmıyorum ben artık. Anlamı yok çünkü. Sadece sana saygı duyuyorum ve acı çekiyorum şu an. Yine ayrılık bekliyor bir kenarda, yine o eksilme duygusu, bir taraf hep yarım kalıyor işte. Bu duygulardan ibaretim ben şu an. Ne düşüneceğimi, ne hissedeceğimi bilmiyorum."

"Dedim ya ayrılık bu değil. Ölüm ayrılık değil Onur. Bana bıraktığın o dokunuşu hatırlıyorum ben, unutmadım. Ve nereye gidersem gideyim yanımda götüreceğim."

"Sorun da bu zaten Çiğdem, acıtan da bu. Gideceksin, öyle söylüyorsun, buna inanıyorsun. Gideceksin, kendini çok uzaklara götürecek ama bizi burada bırakacaksın. Bunu nasıl kabul edebilirim? Kalmalısın, kalmak zorundasın. Buna inanmalısın. Önce sen inanmalısın. Buna inanmana ihtiyacımız var Çiğdem. Tutunmak için, inanmaya ihtiyacımız var..."

"Unutamadım..."

Şeref Baba çay bahçesindeki bütün masa ve sandalyeleri yenilemiş, büfe kısmının ahşaplarını boyamış, çay bahçesinde bir Yunan adası ambiyansı yaratmıştı, mavinin hemen dibinde, bembeyaz. Bir heyecanın, çocukça bir neşenin, çok uzun beklenmiş bir coşkunun dışavurumuydu bu, aylardır yerinde duramadığını, ne yapacağını şaşırmış bir halde oradan oraya koşturduğunu tahmin edebiliyordum.

Yok yok bir masada eni konu bir kahvaltının ardından çay bahçesinden ayrılıp kasabada bir süre dolaşmak istedim. Kahvede yaşlılar hala bıraktığım gibi, muhtemelen hala okeye dönüyorlar, bir tanesi yine sandalye üstünde uyukluyor. Yaşlı bir köpek kahvenin önünde, tentenin altında başı patilerinin üzerinde yatmış yola bakıyor, bir şeyler düşünüyor.

Kalabalığın arasından çekingen adımlarla ilerleyip bara doğru yöneldim. Hakan geceleri içki servisi yapılan bar kısmında bira fıçısının üstüne oturmuş neskafe içiyordu. İçeri girdiğim esnada tam karşısında haber kanalı açık olan televizyona bakıp küfrediyordu. Bıraktığım gibi.

"Oooo, Onur abi hoş geldin, nerelerdesin ya, haber vermeden gittin, gidiş o gidiş?"

"Hoş buldum Hakan, öyle gerekti. Acil durum. Ama bak, sırf sen bana vefasız deme diye geldim," dedim gülümseyerek.

"Eyvallah abi," dedi gülerek. Kaşlarını havaya kaldırdı gülerken, söylediğime inanmamış ama yine de bundan mutlu olmuş gibi. "Çok iyi gördüm abi seni ya. Valla yaramış gitmek. İyi yapmışsın abi, gitmek lazım valla bunalınca. Ne içersin, kahve yapayım mı sana?"

"Teşekkürler Hakan şimdi almayayım. Eee, sende ne var ne yok?"

"Aynı. Değişik bir şey yok be abi. Her şey aynı. Buralardayız işte," dedi, kafasını sağa sola salladı iç geçirerek, "şimdilik buralardayız."

"Şimdilik mi? Bir plan mı var?"

"Gidecektim ya abi bu yaz, söylemiştim ya hani sana?"

"Biliyorum, belli bir tarih var mı? Kız bulacaktı sana teyzen?"

"Evet abi, bulacak. Kadıncağız hastaydı biraz ama iyi şimdi çok şükür. Taşınma olayları çıkmış, Avusturya'ya yerleşiyorlarmış. Şimdi telaşları falan vardır abi, bir şey demek de olmaz. Kendilerine göre dertleri vardır. İyice bir yerleşsinler de bakalım. Düzeni bir oturtsunlar söyleyeceğim, aldırın beni diyeceğim. Avrupa kaçmıyor sonuçta değil mi abi? Zaten çok da meraklısı değiliz. Bizim ülkemiz cennet abi. Hiç gitmesek ne olacak Allah aşkına, şuradaki deniz nerede var. Söyleyeceğim bakalım. Nasipte ne varsa o olur abi."

"Öyle," dedim sadece, konuyu kapatmam gerektiğini

düşündüm. İstediklerini elde edemeyen insanları düşündüm, istediklerini elde etmek için çabalama fırsatı bile bulamayan insanları. Ne çoktu onlar.

"Hakan ben seni çok sevdim kardeşim, bu kelimeyi kullanmayı pek sevmiyorum. Çok fazla duyduğum kelimeleri kullanmayı pek sevmiyorum, içleri boşalmış, sıradanlaşmış gibi geliyor o kelimeler bana. Ama ben seni bir kardeşim olarak görüyorum, sen o abi kelimesinin içini fazlasıyla doldurdun benim için. Nerede olursam olayım bir ağabeyin olduğunu bilmeni isterim."

"Eyvallah abi, çok sağol. Kitabı ne yaptın abi, bitti mi?"

"Bitti kardeşim. Biter bitmez de çöpe gitti," dedim gülerek, "benden yazar olmaz kardeşim, okumak yeterli. Kendine çok iyi bak. Yarın sabah dönüyorum ben. Hakkını helal et."

"Helal olsun abi ne demek. Sen de helal et."

"Eyvallah kardeşim, helal olsun," dedim ve ayrıldım Hakan'ın yanından.

Sahile, çay bahçesine doğru dönerken burada yaşadıklarım geldi aklıma. Ezgi'yi düşündüm. Bir kadını, o kadınla yaşadıklarımı, ona olan duygularımı unutmak, onu içimde öldürmek için geldiğim bu yerde, kendi duygularımdan başka hiçbir şeye aldırış etmezken başka bir kadın aracılığıyla hayatıma, en yakınıma kadar girip yüzüme çarpan bu acımasız dünyayla yüzleştiğim anları düşündüm.

Unutmadım.

Unutmanın ölümün ta kendisi demek olduğunu gördüm.

Buraya gelirken hissettiklerim, kendime ve hayata dair taşıdığım düşüncelerin biçim değiştirmesi yaşama dönmek demekti benim için. Kendime ve hayata dair duygu ve düşünceleri unutup öldürmenin kendimi öldürmek demek olduğunu gördüm. Bütün yaşanmışlıklarıma, bütün duygularıma sahip çıktım. Kendi duygularımı, hayata dair umutlarımı öldürmek yerine yeşertmekten yana oldum. Toplu ölümlerin, toplu tecavüzlerin, intiharların, gaspların, ahlaksızlıkların, yine toplu unutuşlarla beslendiği, körüklendiği bir dünyada unutmamaktan yana oldum.

İyiliğe inanmak, sevmek ve asla unutmamak. Ne güzel kelimeler, değil mi?

Çay bahçesine yaklaştığımda kulağıma Barış Manço'nun *Unutamadım* şarkısı gelmeye başladı. Ben yaklaştıkça şarkının sesi daha da artıyordu.

Şeref Baba'nın yenilediği masalardan birine oturdum ve gözlerimi kapatıp şarkıyı dinledim tüm benliğimle hissederek.

Mutluydum.

Çay bahçesinin hemen önündeki kumsalda, mavi bir armut koltuğun üzerinde kucağında Deniz'le, denizi izlerken uyuyakalan Çiğdem'e baktım uzun uzun. Yaşananlar geçti aklımdan, biriktirdiğimiz iyiliklere, güzel hatıralara tutundum, başka türlüsüne katlanamayacak kadar yorgundum.

Şeref Baba taze bir bardak çay getirdi. Bir baba şefkatiyle omzuma dokundu.

Dirseklerim dizlerimde, bir elimde plastik çay tabağı, diğerinde sıcak cam bardak, güneşin alnında oturmuş doyasıya Çiğdem'i izliyordum.

Çiğdem'i izlediğim süre zarfında dünya üzerinde yaklaşık yirmi bin kişi doğmuş, on bin kişi de ölmüştü.

Çiğdem'in kulağındaki zümrüt yeşili taştan küpeye çarpıp doğruca yüzüme yansıyan ışık gözümü kamaştırdı. İçim sızladı.

Ölüm yaşamın tam ortasındaydı.

Kırılan dalgaların dövdüğü bir kıyının haykırışları için-

de duruyordum. [2]

Ben unutamamıştım.

Unutamadığım için mutluydum, birçoğundan daha mutluydum.

* * *

---

2 Edgar Allan Poe